· L'ABBÉ MARC DENŸ,

MEMBRE TITULAIRE DE L'ACADÉMIE DES MUSES SANTONES

L'ENFANT
THAUMATURGE & MARTYR

Poëme héroïque

HONORÉ DU PRIX EXCEPTIONNEL

Au concours poétique de Bordeaux en 1878

LA VÉRITÉ

DITHYRAMBE

DEUXIÈME ÉDITION

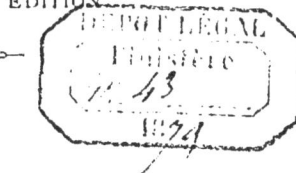

QUIMPER

IMPRIMERIE EUGÈNE PÉNEL

49, RUE KEREON, 49

1879

+Y

L'ENFANT
THAUMATURGE ET MARTYR

LA VÉRITÉ

L'ABBÉ MARC DENŸ,

MEMBRE TITULAIRE DE L'ACADÉMIE DES MUSES SANTONES

L'ENFANT

THAUMATURGE & MARTYR

Poëme héroïque

HONORÉ DU PRIX EXCEPTIONNEL

Au concours poétique de Bordeaux en 1878

LA VÉRITÉ

DITHYRAMBE

DEUXIÈME ÉDITION

QUIMPER

IMPRIMERIE EUGÈNE PÉNEL

49, RUE KERÉON, 49

1879

PRÉFACE.

Ce poëme n'est qu'une traduction embellie des Actes des saints Vit (Vite ou Vitus), Modeste et Crescence.

Inscrits à la date du 15 juin dans le Bréviaire romain, c'est en ce jour de l'an 303 qu'ils obtinrent la palme du martyre dans la Lucanie, aujourd'hui la Basilicate, province du royaume de Naples, où, transportés par les anges, ils rendirent leurs âmes à Dieu après avoir subi dans le Colisée divers supplices devant Dioclétien venu cette même année de Nicomédie, sa résidence habituelle, pour inaugurer ses Thermes à Rome.

Il revint tant de gloire à l'Église du martyre de saint Vitus, que Rome s'empressa de bâtir à l'*enfant thaumaturge* la célèbre église de *Santo Vito ad Marcellum* sur le mont Esquilin, qui est le titre d'une diaconie cardinalice.

En France, où son nom, souvent porté avec honneur par d'illustres chevaliers, fut très-populaire au moyen-âge, il fut plus connu sous le nom de saint Guy. Son corps avait été transporté d'abord à Saint-Denis sous le règne de Pépin-le-Bref; il y resta pendant quelque temps près des tombeaux de nos rois; puis les moines de Saint-Denis le cédèrent, en l'an 886, à ceux de la Nouvelle-Corbie, célèbre abbaye nouvellement fondée en Saxe sur les rives du Weser.

Cette translation de ses reliques fut un des événements les plus importants de l'histoire ecclésiastique, à cause de la multitude des miracles qui l'illustrèrent, comme si Dieu eût voulu ainsi révéler d'une manière plus frappante la légitimité du culte des saintes reliques et condamner providentiellement sept siècles à l'avance le protestantisme qui devait dans ces mêmes contrées renier ce culte consolant de ses pères dans la foi.

Sauf au troisième chant, où, pour charmer la longueur d'un voyage sur mer, je fais intervenir une symphonie des chœurs angéliques, je n'ajoute rien au merveilleux vraiment épique de cet admirable drame chrétien.

On trouvera cependant mon récit poétique en désaccord avec la plupart de nos hagiographes français, relativement à sainte Crescence, dont ils font la nourrice de l'enfant, ne le quittant pas plus que saint Modeste dans son voyage jusqu'à leur commun martyre.

En ne la faisant paraître qu'au Colisée où elle se convertit subitement à la vue des miracles qui s'accomplissent, je n'ai pas la prétention de m'inscrire en faux contre la version de tant de savants hagiographes. Si je me trompe, c'est avec le texte latin des *Notaires apostoliques* du temps, que je suis pas à pas, tel que l'a réédité Mgr Gaume dans ses *Classiques Chrétiens*. J'affirme seulement que ce texte offre dans la parfaite unité de son style tous les caractères d'authenticité, partant de véracité, possibles, tout à fait inexplicables vis-à-vis de l'assertion contradictoire d'historiens postérieurs en date.

J'avertis également le bienveillant lecteur que si l'enfant s'élève souvent à une sublimité de langage bien au-dessus de son âge, c'est qu'en réalité la précocité de son intelligence fut elle-même un miracle constaté par le même texte de ses *Actes*, qui nous le représentent rempli du Saint-Esprit : « *Beatus Vitus, repletus spiritu sancto.* »

Il fut donc vraiment un enfant inspiré et comme un de ces miracles vivants, si nombreux dans les trois premiers siècles, par lesquels Dieu voulut fonder son Église sur les ruines d'un monde que le surnaturel seul pouvait vaincre parce qu'il était humainement invincible.

Des amis graves et dévoués ont craint que le lecteur contemporain acceptât moins favorablement l'ouvrage à cause du titre que j'ai choisi. Je leur ai respectueusement répondu que ce titre même était dans ma pensée une confession de foi catholique, que Dieu bénirait, par l'intercession même du jeune saint dont il caractérise l'histoire.

D'ailleurs, tandis que le monde plus que jamais ose nier le miracle, nous avons entendu le Concile du Vatican en définir la *possibilité* comme un dogme, et nous voyons la Vierge Immaculée en rendre à Lourdes les plus glorieux et les plus incontestables témoignages.

Mon poëme est donc d'une actualité évidente, et il faut que tout d'abord le titre l'annonce ! C'est comme une parabole saisissante, dans la vision instructive d'un passé trop oublié, que j'ai voulu présenter aux âmes sincères, pour leur rappeler les grandeurs divines de la sainte Église, et leur démontrer une fois de plus que les efforts d'un monde égaré ne sauront jamais les amoindrir !

Puisse du moins me mériter l'indulgence du lecteur, cette bonne intention de mon invincible foi de chrétien et de prêtre !

Je ne puis terminer cette préface sans exprimer ma vive gratitude au *Comité des concours poétiques de Bordeaux*, principalement à son président-fondateur, M. ÉVARISTE CARRANCE, poëte éminent, toujours classique, toujours harmonieux, gracieux et plein de délicatesse, dont la haute indulgence a daigné décerner à mon poëme le *prix exceptionnel du 21e concours*, précieux encouragement qui m'a inspiré la pièce intitulée : *La Vérité*, par laquelle j'ai cru devoir terminer ce volume, sans omettre la bienveillante réponse dont le poëte m'a honoré.

SONNETS DÉDICATOIRES

A MON ILLUSTRISSIME ET RÉVÉRENDISSIME PÈRE EN DIEU

S. G. Mᵍʳ PIERRE - ANASTASE PICHENOT

ARCHEVÊQUE DE CHAMBÉRY.

———◄►———

Adhæreat lingua mea fau-
cibus meis , si non memi-
nero tui.

(Ps. 136.)

I

Vous fûtes, Monseigneur, l'ange de ma jeunesse,
Mon cœur en veut garder l'éternel souvenir !
Par vos soins les plus doux j'apprenais à m'unir
A ce Dieu que votre âme aimait avec tendresse.

Soutien compatissant de ma triste faiblesse,
Vous prépariez l'honneur de mon saint avenir :
Je demande à mon Dieu de toujours vous bénir
Et de vous ménager une heureuse vieillesse.

Quand de la croix je suis le pénible chemin
Je pense à vous, hélas ! et me sens orphelin,
Près de moi je n'ai plus le père de ma vie.

Veuille Jésus qu'au ciel je présente en retour
Ce qu'à mon faible cœur donne de pur amour
L' « Évangile » pieux de votre « Eucharistie » !

II

Je chante en votre honneur l'enfant victorieux
Dont l'Église a gardé l'immortelle mémoire !
Puissé-je vous charmer à sa touchante histoire ;
D'un cœur privé de vous c'est le désir pieux !

Sa vie est un parfum pur et délicieux,
Un doux rayonnement de l'éternelle gloire !
Que de païens trouvaient une raison de croire
Dans les nobles vertus de ce saint gracieux !

O père vénéré, guide de mon enfance,
De vos vertus aussi l'aimable expérience
Sur mon âme a produit le charme de Vitus !

Ce que j'ai ressenti de vos soins charitables
Je l'exprime à mon saint en souhaits ineffables :
Ah ! qu'il vous orne un trône auprès du bon Jésus ! ! !

Marc DENŸ,

PRÊTRE.

L'ENFANT THAUMATURGE

ET MARTYR

— ⋅⋅⋅ —

PREMIER CHANT

Je chante d'un enfant le martyre et la gloire.
Dieu grand, prix éternel d'une illustre victoire,
Dans les cœurs à son nom renouvelez la foi.

Mieux que la muse antique, ô Vierge, inspirez-moi.
Ange des saints combats, dites-moi la sagesse
De ce jeune héros, puissant dans sa faiblesse,
Qui souffrant pour son Dieu sut vaincre les enfers.

Sous Dioclétien tremblait tout l'univers ;
Son orgueil indomptable infligeait à l'Église
De l'Ère des Martyrs la plus terrible crise.
Valérien, pour plaire au cruel empereur,
Par haine et lâcheté se fit persécuteur ;
Et de ce président alors dans la Sicile,
Toute âme redoutait la cruauté fébrile.
Il fit mander Hylas, riche patricien ;
Dès ses plus jeunes ans son fils était chrétien.

Au pied du tribunal cet infortuné père
Entend avec effroi ce reproche sévère :
« — Hylas, est-il donc vrai ? Ton fils trahit les dieux !
Il profane leur nom par ce culte odieux
Qu'observent les chrétiens, race à jamais maudite !
Veux-tu le préserver des peines qu'il mérite ?
Désabusé par toi que ce jeune insensé
A nos dieux vienne offrir un hommage empressé ;
Qu'aux divins empereurs redevenu fidèle
Il se hâte pour eux de nous montrer son zèle !...
Va donc, fais ton devoir !... » Le père consterné,
Au retour voit l'enfant devant Dieu prosterné :
« — Vitus, ô mon doux fils, console ma tristesse ;
Écoute mes conseils, enfant de ma tendresse ;
Tes intérêts sacrés, je les sais mieux que toi !
Quelle est cette folie, ô Vitus, réponds-moi ?
Quel est donc pour un mort ce zèle et ce vain culte,
Véritable complot d'une puissance occulte,
Suspecte aux empereurs dont les grandes bontés
Vont se changer contre elle en ordres irrités !
Redoute de braver leur puissante colère !
Je te verrais périr et ma douleur amère
Bientôt aurait brisé la trame de mes jours !... »

L'enfant, de sa prière a suspendu le cours ;
Mais déjà du martyre entrevoyant la palme
Vers les cieux il élève un regard pur et calme ;
Son visage est empreint d'une pieuse ardeur
Et son front virginal couronné de candeur
Des célestes vertus reflète l'auréole.
Des mondains il n'a pas l'extérieur frivole ;
Modeste en son maintien son aimable beauté,

Privilège que Dieu garde à la pureté,
De l'angélique enfant révèle l'innocence.

Sans la comprendre, Hylas en ressent l'influence ;
Et Vitus lui répond : « — Mon père, plaise au Dieu
Que l'homme devrait seul adorer en tout lieu,
Plaise au vrai Dieu qu'enfin vous puissiez mieux connaître
Celui qui tant d'amour pour l'homme a fait paraître !
Sa mort, qui de votre âme excite le mépris,
Du salut des humains fut cependant le prix ;
C'est Lui l'Agneau de Dieu, la victime du monde,
Le Fils du Dieu vivant dont la grâce féconde
Efface nos péchés et nous ouvre le ciel.
O mon père, apprenez de son culte éternel
Et l'avantage immense et la gloire admirable ;
Du chrétien comprenez le bonheur ineffable
Et pour votre âme enfin ne le refusez plus ! »
« — Mon fils, il faut quitter ces désirs superflus,
Dit Hylas ; je le sais de science certaine :
Il n'est point Dieu, ton Christ, et ta parole est vaine !
Par Pilate en Judée on l'a vu flagellé !
Sur ses prétentions alors interpellé,
Devant tant de témoins *ce Dieu* n'osa répondre !
Et Pilate et les Juifs voulant mieux le confondre,
Comme un vil criminel Il fut crucifié ! »
« — Oui, père, et c'est ainsi qu'Il s'est sacrifié !
Mais rien n'est ineffable autant que ce mystère
Et nous ne devons plus qu'adorer et nous taire. »
« — Qu'appelles-tu mystère, insensé ? Cette mort
D'un supplice honteux ne fut rien que le sort ! »
« — Écoutez-moi, mon père, et prenez patience ;
La vérité sur vous est-elle sans puissance ?

Consentez à l'entendre !... Un divin Rédempteur,
Un Dieu mourant pour l'homme, un Dieu Réparateur,
Il le fallait ainsi pour le salut du monde !
Sa mort ! Elle est pour nous une grâce féconde
Qui nous ferme l'enfer et nous ouvre le ciel !
Et moi donc je perdrais ce trésor éternel !...
Oh ! non, jamais, mon père, ayez la certitude
Que jamais du démon l'infâme servitude,
Quel que soit le tourment que je doive subir
A l'amour de mon Dieu ne pourra me ravir ! »

Alors de saint Vitus le regard s'illumine,
Son front semble animé d'une extase divine ;
Mais l'âme du païen que domine la peur
Ne sait plus éprouver qu'une vague stupeur.
Des sens et de l'orgueil lorsque la tyrannie
Sans cesse énerve l'homme en absorbant sa vie,
Du devoir il n'a plus même le sentiment,
Ni du vrai ni du juste aucun discernement.
Ainsi dans le désert où la tendre rosée
Jamais ne rafraîchit une terre épuisée,
Où les vents furieux brisent violemment
Tout ce qui fait obstacle à leur déchaînement,
En vain l'astre du jour éclaire, échauffe, anime,
En vain de ses levers la majesté sublime
De manteaux lumineux a revêtu les monts,
En fléaux le désert a su changer ses dons !
Ainsi le cœur d'Hylas n'est plus qu'un sol aride.
Mais l'âme de Vitus est une terre avide
De ces germes divins dont les fruits précieux
Fleuriront sur la terre et mûriront aux cieux.
Jésus, divin soleil, s'y plait, car elle est pure.

Il aime à la vêtir d'une riche parure.
Souvent Il la nourrit de la manne du ciel
Et l'embrase déjà de l'amour éternel.

Glorifiant en lui sa divine assistance,
Il féconde sa foi des dons de sa puissance ;
Et l'on voit le malade au bruit de ses vertus
Demandant la santé par le nom de Vitus
Éprouver à ce nom l'effet de sa prière :
L'aveugle émerveillé contemple la lumière ;
Le sourd, de l'harmonie entendant les accords,
Offre au Dieu de Vitus sa joie et ses transports ;
Et païens et chrétiens d'une voix unanime
Redisent de l'enfant cette vertu sublime.
Mais surtout le pécheur de la grâce touché,
Se frappant la poitrine, avouant son péché :
Tel est l'effort divin dont les démons frémissent,
Dont sous leur triste joug les possédés rugissent.
De leur voix infernale ils célèbrent Vitus
Et devant son mérite ils restent confondus ;
A leur malice il faut une trame nouvelle,
Valérien saura la rendre assez cruelle.

Tous ces étranges bruits l'importunent assez !
Ses droits de président n'en sont-ils pas blessés ?
A peine s'il contient l'élan de sa colère,
Quand de son tribunal apostrophant le père,
Il lui dit : « — Eh bien ! donc, *Illustrissime* ' Hylas,
Il semble se jouer du plus honteux trépas
Le digne rejeton de ton illustre race ?
Mon avertissement fut donc inefficace ?

Et pense-t-il enfin que son impiété
Peut espérer de nous longtemps l'impunité ?
Je sais ce qu'on en dit ! Mais sa trop jeune gloire
Ne peut l'inscrire encore au Temple de Mémoire :
Qu'il ne s'en flatte point !... Car il trahit les dieux !
Il les méprise, Hylas ! ! ! Et d'un culte odieux
Il adore ce Juif, opprobre de la terre,
Par des Juifs comme lui crucifié naguère...
C'est pitié !... Mais enfin nous verrons si nos lois
Pourront contre ce Christ prévaloir cette fois !...
Christ est-il son vrai nom ? Réponds, ô multitude ?
Qui donc veut confirmer ici ma certitude ?
Quel chrétien veut l'oser ? Ah ! l'on reconnaîtrait
Ce service pieux tout comme il le faudrait !
Mais ton fils, je l'attends ! Hâte-toi ! qu'il paraisse !... »

Il dit ; on applaudit et la foule s'empresse
Aux pieds de son tyran, flatteur de ses plaisirs :
Tourmenter un chrétien, quels plus nobles loisirs !
Et surtout un enfant ! Mais il paraît ! Silence !
Devant le crime armé comparaît l'innocence !
Et soudain parle ainsi ce digne président :
« — Prétends-tu devant moi, réponds, jeune imprudent,
Ne pas sacrifier à nos dieux dont les trônes
Dans les cieux sont parés d'immortelles couronnes ?
As-tu donc oublié les décrets si formels
Publiés dans l'empire au nom des Immortels ?
Le supplice t'attend si tu ne les adores !
Je veux bien t'avertir, enfant, si tu l'ignores ;
Mais parle sans détour, adores-tu les dieux
Ou ce crucifié des chrétiens odieux ?
Son culte est subversif, suspect, honteux, infâme ;

Les plus cruels tourments et le fer et la flamme
Sont un digne salaire à tous ses sectateurs,
Des lois de nos Césars insolents contempteurs...
Obéis ! ! » — Cette voix, ces accents de colère
Auraient glacé de crainte un enfant ordinaire ;
Mais de l'Esprit divin l'ineffable action
Ne permet en son âme aucune impression ;
Sa faiblesse se change en ardeur invincible.
Avec joie il s'apprête à la lutte terrible
Qu'il lui faut soutenir pour le nom de Jésus.
Du signe de la croix alors s'arme Vitus :
« — Ce que valent tes dieux, crois-tu que je l'ignore ? »
Répond-il au tyran. « Penses-tu que j'adore
Ces démons qu'en enfer dévore un feu vengeur ?
Qu'à des morceaux de bois je voudrai rendre honneur ?
Non, jamais ! J'ai mon Dieu, le Dieu qu'aime mon âme ;
Il fait brûler mon cœur de la plus sainte flamme,
Son Fils m'a racheté, sa grâce habite en moi ;
A Lui seul j'obéis et n'ai point d'autre loi. »

Il dit. Son père alors verse un torrent de larmes
Et ne sait plus à qui confier ses alarmes :
« — Ah ! pleurez avec moi, vous tous, ô mes amis !
Mon fils va donc périr ? Pleurez, pleurez mon fils ! »
« — Non ! je ne péris point, répond l'enfant ; les anges
Bientôt vont dans les cieux à leurs saintes phalanges
M'agréger, ô mon père ; enviez mon bonheur. »

Valérien frémit à cette sainte ardeur :
« — La noblesse du sang et l'amitié d'un père
Auront pu jusqu'ici contenir ma colère,

2

Réplique ce tyran, — pour te dissuader,
La vindicte des lois j'aurai pu retarder ;
Au sacrilége en vain tu consacres ta vie,
Il faut que sous le fouet se calme ton envie ;
Par les dieux ! Nous verrons si c'est là ton plaisir. »

Alors du saint enfant l'impatient désir
Arme son noble front d'une force divine.
Pour son Dieu sous le fouet vaillamment il s'incline ;
Et sur le doux martyr s'acharnant les bourreaux,
Sous leurs coups redoublés sa chair tombe en lambeaux.
Longtemps, longtemps encore a duré le supplice ;
Et le tyran lui dit : « — Offre le sacrifice ;
Obéis à nos dieux sous peine de périr !
« — Président, je consens plutôt à tout souffrir ;
Je l'ai dit une fois pour que nul ne l'ignore,
C'est le vrai Fils de Dieu, c'est Jésus que j'adore ! »

A ce nom le démon frémit dans les enfers ;
Ce nom saint humilie un ennemi pervers.
Sa rage est à son comble; aussi son impuissance
Veut encore aiguiser les traits de sa vengeance.
Funeste aveuglement d'un pitoyable orgueil,
Le vrai n'est à son cœur qu'un misérable écueil.
O Dieu de vérité, faut-il que tes louanges,
Sainte admiration des élus et des anges,
Ne trouvent ici-bas que la voix des enfants
Pour être un témoignage en face des tyrans !
Le faible devient fort, armé pour ta querelle ;
Ce sont tes jeux puissants, ô sagesse éternelle !
L'homme présomptueux peut braver ton sommeil;

Mais passé son triomphe, il tremble à ton réveil !
Ta justice a son jour quand sa coupe déborde,
Mais tu sauves les droits de ta miséricorde ;
Heureux si des ingrats n'en voulaient abuser !
Car un Valérien sait toujours tout oser !
« — Frappez, frappez encor, fustigez ce rebelle , »
Rugit le président, — « bourreaux, qu'on le flagelle ! »
Et tout son vil troupeau d'esclaves insolents
S'apprête à le frapper de coups plus violents.
Leurs bras étaient levés, quand, ô divin prodige !
Soudain le même coup les frappe et les afflige.
Leurs bras sont desséchés. Dès qu'il étend la main,
L'orgueilleux président veut l'agiter en vain ;
Il la sent se raidir, la sent paralysée ;
En un instant aussi sa colère est brisée !
Il gémit en souffrant une affreuse douleur.
Ah ! du moins s'il pensait d'où lui vient son malheur !
Mais le démon l'aveugle, et, sentiment étrange !
Pour se tromper lui-même ou pour donner le change,
C'est au démon qu'il veut attribuer son mal.
Il interpelle Hylas : — « Tu vois ce coup fatal ?
C'est le funeste effet d'une basse vengeance ;
D'artifices honteux voilà bien la puissance ;
Ton fils évidemment n'est qu'un magicien. »

« — Respecte, dit l'enfant, l'honneur du nom chrétien !
Jamais de tes démons la honteuse magie
N'a pu d'un vrai chrétien déshonorer la vie.
Chrétien, j'ai consacré ma vie à mon Sauveur,
C'est Lui seul que je sers, Lui seul est mon Seigneur.
A ses préceptes saints je veux être fidèle.
C'est Lui qui me remplit et de grâce et de zèle.

Par ses enseignements il fait son œuvre en moi.
Il éclaire mon cœur du flambeau de la foi ;
Car Il est tout-puissant, car Il est tout aimable,
Car Il prodigue à l'homme un amour ineffable.
C'est Lui qui de sa voix ressuscita les morts !
Quand la fureur des flots par de puissants efforts
Jusqu'aux cieux soulevait la vague mugissante,
C'est Lui qui commanda de cette voix puissante
Dont pour créer le monde Il parlait au néant,
Et le calme se fit sur le gouffre béant !
Car tout est de sa main sur la terre et sur l'onde ;
En Lui tout reconnaît le Créateur du monde ;
L'homme seul est rebelle !... Ah ! je me sens frémir
A telle ingratitude en l'âme d'un martyr !
Je le suis, c'est ma joie ! Et je puis pour ton âme,
Par la vertu de Dieu qui m'inspire et m'enflamme,
Je puis guérir ton mal . . . — Oui ! dit le gouverneur,
De ton Dieu, j'y consens, reste le serviteur,
S'il peut, pour me guérir, exaucer ta prière.
Bannis tout maléfice, agis à la lumière ;
Montre l'œuvre d'un Dieu, non d'un magicien,
Ainsi j'éprouverai ce que peut un chrétien. »

A ces mots saint Vitus paraît comme en extase,
L'Esprit divin l'anime et l'échauffe et l'embrase.
Les yeux au ciel, il dit : « — O Dieu de notre foi,
Pour ces témoins nombreux, Seigneur, exaucez-moi !
O Dieu crucifié, montrez votre puissance,
Dévoilez un rayon de votre gloire immense,
Révélez-vous, ô Père, ô Fils, ô Saint-Esprit,
O Jésus, Dieu Sauveur du genre humain proscrit,
Qu'à votre nom divin, par lequel je vous prie,

Cette main châtiée à l'instant soit guérie ! »
Il dit et cette main est guérie à l'instant,
Mais à ce grand bienfait le païen s'attristant,
Confus, humilié, croit à sa conscience
Imposer comme il veut un opportun silence ;
Sous l'attrait de la grâce il cherche à se raidir,
Mais il n'en est pas digne et, voulant s'étourdir,
Lâche parjure, il rend le martyr à son père.
« — Convertis-le, dit-il, au culte tutélaire
De nos dieux qu'il offense en invoquant son Dieu.
Il doit sacrifier, tu le sais, en ce lieu ;
Car s'il reste chrétien, il essaiera de nuire,
Même contre les dieux il voudra nous séduire ;
Bientôt à leurs autels ramène donc ses pas,
Ou bientôt par le feu j'ordonne son trépas ! »

Ah ! Dieu bon, qu'au méchant ta gloire est irritante !
Mais du bras tu soutiens l'Église militante ;
Et quand l'enfer s'agite et pense prévaloir,
Tu réserves des coups qu'il n'avait pu prévoir !

DEUXIÈME CHANT

~~~~~~~

Qui amat patrem aut matrem
plus quàm me, non est me di-
gnus.

(MATTH. x, 37.)

L'amour plait au Seigneur, non a servile crainte ;
L'amour, ce nœud sacré de la Trinité sainte
Qui posant son principe en la Paternité
Fonde éternellement la divine Unité !
Ce lien mutuel des Personnes divines
Dont nul ne peut sonder les saintes origines,
Ici-bas qui pourrait dignement le narrer ?
Avec la majesté qui peut se mesurer !
Mais c'est dans la vertu de ce profond mystère
Que ce Dieu tout amour s'appelle NOTRE PÈRE ;
Il nous nomme ses fils ! Et l'insigne faveur
De devenir un jour le FRÈRE du Sauveur
Est de l'homme déchu le glorieux partage.
Du principe divin Dieu reproduit l'image ;
Il crée en la famille une paternité
Comme un reflet vivant de son autorité.
En signe d'alliance, à l'humble créature
Le Créateur délègue une magistrature ;
Et la nature humaine, ô merveille d'amour !
Devient avec son Dieu créatrice à son tour.

Mais quel homme a compris ce pouvoir qu'il retrace !
De son Père céleste un père tient la place ;

Et les fils nés de l'homme, en la Rédemption
Sont de Dieu par l'amour et par l'adoption.
Double objet d'une loi sagement tutélaire :
Fils, on doit honorer et son père et sa mère ;
Père, guider son fils aux sentiers du devoir,
Ne jamais abuser d'un si noble pouvoir
Qui de par Dieu confère ici-bas charge d'âmes.
Mais de l'orgueil humain les maximes infâmes
Changent de par l'enfer en un persécuteur
Celui que Dieu nommait son coopérateur.
Profanateur hardi de cette œuvre divine,
D'une âme rachetée il trame la ruine ;
Mais ce qu'ordonne Dieu de respect filial
S'arrête prudemment aux limites du mal.
— Il est, dit le Seigneur, l'objet de ma colère
Celui qui plus que moi chérit ses père et mère ;
L'ennemi de son âme habite en sa maison
Et son propre foyer couve la trahison.
Je vous laisse ma paix, une paix ineffable ;
Mais j'apporte la guerre, une guerre équitable ;
Car de tout égoïste il se faut séparer ;
Même contre les siens il se faut assurer ;
En l'humaine nature il est tant de faiblesse ;
Le mal est tant de fois le prix de la tendresse !
Si notre Père est Dieu, qui devra le trahir ?
Mais l'homme contre Dieu veut se faire obéir !
C'est un vol de l'orgueil et de la tyrannie,
Non le droit qu'a donné la Sagesse infinie.

Ce fut l'erreur d'Hylas. On vit le gouverneur
En ce père trouver un honteux suborneur.
Loin qu'il ait de son âme une aide protectrice,

L'enfant ne trouve en lui que l'injuste complice
D'un système barbare inventé par l'enfer.
O, d'un cœur filial déchirement amer,
D'un cœur trop méconnu véritable agonie,
Qui pourrait exprimer ton angoisse infinie !
Quand on aime comme aime un fils vraiment chrétien
Et que vient le devoir de rompre ce lien
Pour Dieu... (pour notre Père infiniment aimable !)
Ah! c'est là d'un grand cœur le martyre ineffable !
Mais bien plus, si le vice outrage sa vertu,
Si l'aimable pudeur dont il est revêtu
Sent qu'un père la blesse au plus profond de l'âme ;
O poignante douleur ! O trahison infâme !
Poursuis, père sans cœur, le monde t'applaudit ;
Mais il n'est plus à toi, ton fils ! Dieu te maudit !
Ose donc accomplir la tâche misérable
Qu'a pu te confier un tyran exécrable !

Et c'est ainsi qu'Hylas succédant au bourreau
Prépare au chaste enfant un supplice nouveau.
N'ayant pu le convaincre, il prétend le séduire,
Mais au cœur humble et pur le démon ne peut nuire !
Vitus en sa demeure à peine est-il conduit
Que d'assauts importuns son père le poursuit.
Il le presse ou le flatte, le prie et le caresse,
Il parle avec hauteur, il rampe avec bassesse,
Il est insinuant, il est dur et brutal,
Il est dans ses raisons impie et déloyal.
Car l'ennemi de Dieu connaît peu la logique;
Le faux est en sa bouche argument sans réplique ;
Le vrai n'est qu'un scandale à son entendement ;
Il sent comme un refuge en son aveuglement.

Tandis que la foi vive à qui vit de prière
Brille comme un flambeau d'admirable lumière.
Telle, en offrant sa tige aux rayons du soleil,
La fleur sait empourprer son calice vermeil.

A souiller cette fleur le père s'ingénie ;
Des harpes l'on entend la profane harmonie.
Mais l'enfant reste calme et leurs brûlants accords
En vain des passions font vibrer les ressorts.
Alors devant cet ange une danse immorale
D'un père vient aider la pensée infernale ;
La vile courtisane au regard déhonté
Étale devant lui l'infâme volupté...
O ruse de l'enfer, ourdis, ourdis ta trame,
Tu sais bien le secret de l'âme qui diffame
Cette foi par laquelle *obéir c'est régner !*
Il te faut l'avilir avant de la gagner !
Mais Dieu ne laisse pas tes perfides amorces
Tenter les humbles cœurs au-dessus de leurs forces.
Aussi le saint enfant, les regards vers les cieux,
De son âme exhalait les sentiments pieux :
« — Ayez pitié, Seigneur, de ma triste misère,
De mon cœur agréez la plus humble prière.
Ah ! ne rejetez pas mon cœur humilié ;
De ma contrition, Seigneur, ayez pitié ! »

Ainsi, quand l'âme est humble, un Dieu puissant l'assiste,
Mais au superbe aussi sa justice résiste.
De l'angélique enfant l'aimable chasteté
Reste le prix divin de son humilité.
En la force de Dieu triomphe sa faiblesse.

Mais lo démon vaincu veut redoubler d'adresse,
Lo vice n'est jamais l'appât d'un noblo cœur
Et sa honte effrontée inspire assez d'horreur.
Il faut toucher de l'âme une plus tendre fibre ;
A peine émue, il faut qu'aussitôt elle vibre
Et livre à l'ennemi lo plus faible côté.
C'est ainsi qu'un cœur pur cède à la vanité,
Écueil souvent fatal aux vertus de l'enfance,
Piége lo plus perfide à l'inexpérience ;
Pour les esprits légers reptile sous des fleurs,
Trop spécieux plaisir, source amère de pleurs.
Tel ange d'autrefois s'avilit jusqu'au crime
Qui de la vanité ne fut que la victime !

Hylas veut mettre en œuvre un moyen si puissant.
Pour la mauvaise foi rien n'est embarrassant.
Il veut que de son fils on décore la chambre :
Un lit plein d'élégance et tout parfumé d'ambre,
Les plus riches tapis, les vases précieux,
L'or et les diamants, tout y charme les yeux.
On assemble à plaisir les objets les plus rares.
Les méchants contre Dieu ne sont jamais avares !
Là tout est séduisant pour un efféminé,
Aussi dans ce séjour Vitus est confiné.
Mais le saint, étranger à tout ce qui se passe,
Humblement se confie en la divine grâce :
« — O Père tout-puissant de notre Rédempteur,
Du fidèle disciple ô doux consolateur,
Dieu de la loi nouvelle et des Hébreux nos pères,
Vous qui des opprimés écoutez les prières,
Par pitié, des hauteurs du céleste séjour
Sur votre enfant jetez un doux regard d'amour !

O Roi des saints martyrs, donnez-moi votre force !
Faites qu'en vain Satan contre un chrétien s'efforce
De faire prévaloir l'infâme iniquité :
Déjouez les desseins de sa malignité.
Faites qu'à vous servir je sois trouvé fidèle,
Qu'ainsi votre puissance aux hommes se révèle,
Que votre règne arrive en tout temps, en tout lieu,
Pour qu'on ne puisse dire : « *Où donc est-il son Dieu ?* »

Vitus priait ; soudain, miracle incomparable !
La salle resplendit d'un éclat admirable.
On dirait un reflet des divines clartés
Et des saintes splendeurs les célestes beautés :
Douze foyers ardents, colonnes de lumière,
Font rêver les esprits à quelque grand mystère ;
Et partout se répand la plus suave odeur,
Qui loin d'énerver l'âme en ravive l'ardeur :
D'Hylas et de ses gens la surprise est immense :
« — Ciel ! jamais, disent-ils, telle magnificence
Aux regards n'a paru dans les temples des dieux ! »
Mais Hylas ajoutait : « — L'Olympe radieux
Veut bien en ma demeure à mon fils apparaître !
Puisse-t-il donc enfin ne les point méconnaître ! »
Saisi d'étonnement, rempli d'anxiété,
Il ne peut réprimer sa curiosité ;
Sa vanité prétend se dire satisfaite.
Mais c'en est fait ! Pour lui, l'heure de la défaite,
L'heure du châtiment va sonner !... Qu'a-t-il vu ?
Grand Dieu ! pour le païen quel spectacle imprévu !
Les colonnes de feu lui dévoilent douze anges ;
Du vrai Dieu, du Sauveur ils chantent les louanges ;
Leurs ailes sont de l'aigle et leur sainte beauté

Élève la pensée au Dieu de majesté.
Ces célestes esprits aux ardeurs enflammées
Redisent : « *Saint, saint, saint est le Dieu des armées!* »
Mais au cœur corrompu Dieu ne dévoile pas
Ce qu'au cœur humble et pur Il révèle ici-bas.
Aussi cette splendeur consumant sa paupière
Laisse les yeux d'Hylas fermés à la lumière :
D'un orgueil obstiné trop juste châtiment !

Mais d'un cœur filial ô pieux sentiment !
Le doux enfant Vitus verse un torrent de larmes
Et priant pour son père offre à Dieu ses alarmes :
« — O Fils du Dieu vivant, Roi du ciel, ô Jésus,
Qui voulant de la Vierge * honorer les vertus
Avez pris dans ses flancs une nouvelle vie,
Aux grâces de son cœur votre Cœur me convie.
Vous nous avez promis en un jour solennel
Un asile assuré dans son sein maternel ;
J'ose donc vous prier au nom de votre Mère,
Ne me séparez pas à jamais de mon père.
Faites que nous puissions par votre grâce un jour
Nous agréger ensemble à la céleste cour.
Cependant je bénis, Providence adorable,
De votre volonté l'arrêt irrévocable ! »

Alors sous l'aiguillon de cuisantes douleurs
Hylas se lamentait, criait, versait des pleurs :
« — Ah! j'ai perdu la vue ! ô dieux ! quelle torture !
Ne dois-je plus errer que dans la nuit obscure !
Quelle angoisse cruelle en cet affreux moment !
Ah! je souffre, je souffre un horrible tourment ! »

Et sa famille en pleurs par des cris lamentables
Du païen déplorait les tourments pitoyables.

   Cependant à ce bruit le peuple est ameuté,
Une sourde rumeur circule en la cité;
Et l'on voit accourir Valérien lui-même
Comme pour conjurer quelque péril extrême.
Dans ce tumulte étrange à la maison d'Hylas
Un pressentiment vague a dirigé ses pas.
Soudain qu'aperçoit-il? O funeste présage!
Il constate qu'Hylas des yeux n'a plus l'usage.
Par des cris déchirants l'aveugle infortuné
Cent fois maudit le jour dans lequel il est né.
Son désespoir impie augmente sa torture;
Il s'en prend à son fils des tourments qu'il endure...
A ce spectacle affreux Valérien troublé
Du poids d'un souvenir se sent comme accablé;
Inquiet, sans retard, il veut qu'Hylas expose
L'accident malheureux et sa funeste cause.

   « — J'ai vu, lui dit Hylas, vu de mes tristes yeux,
Se montrant à mon fils, j'ai vu, j'ai vu des dieux!
Leurs yeux étincelants semblaient lancer la foudre;
Même à les contempler je n'osais me résoudre;
Mais bientôt l'emportant ma curiosité,
Je n'ai pu soutenir l'incroyable clarté
De leurs divins regards aux astres comparables.
Victime de vos coups, destins inexorables,
Sous un feu dévorant j'ai perdu mes deux yeux!
Ah! ceux qu'ainsi j'ai vus sont-ils vraiment des dieux? »

   « — Un doute pourrait-il entrer en ta pensée?
Répond Valérien, et ton âme oppressée
Méconnait-elle aussi les traits des Immortels?
Allons, prosternons-nous aux pieds de leurs autels;
Bientôt du Roi des dieux tu verras la puissance

Et tu contempleras son auguste présence !
Si tu n'es le jouet de la fatalité,
Les dieux exauceront ta sage piété. »

Tel est du président le langage hypocrite ;
Il feint le plus beau zèle et sa pensée hésite ;
Des dieux à ce chrétien seraient-ils apparus ?
Il s'étonne en pensant au grand Dieu de Vitus !
Dans la fatalité contre sa conscience
En vain l'ingrat païen recherche une assurance ;
Dans ses propres filets se prend l'iniquité,
Et c'est là ta justice, ô Dieu de vérité !

Hylas enfin le suit au temple de l'idole.
On choisit la victime et le prêtre l'immole ;
Il offre à Jupiter et l'encens et les vœux ;
Il cherche à découvrir quelque présage heureux.
La foule est dans l'attente, inquiète, exaltée ;
Sous les émotions on la voit agitée,
On murmure, on discute, on nomme les chrétiens :
D'après l'avis des uns ils sont magiciens ;
Pour d'autres des vertus ils offrent les modèles ;
Celui-là dit qu'aux lois partout ils sont rebelles ;
« Ils montrent de tout bien les exemples parfaits.
— Non ! Tout chrétien se livre aux plus hideux forfaits
Et de leur secte impie il faut purger la terre !
— Suivez plutôt leur loi, car elle est salutaire.
— Eh quoi ! pensez-vous donc ici les excuser ?
— Et qui peut sans mentir ainsi les accuser ?
— Pourtant à leurs desseins l'on ne peut se méprendre
Et seul un traître ici peut oser les défendre !... »

Les sentiments divers vont ainsi se heurtant
Et partout le tumulte augmente à chaque instant.
Quel souffle a donc passé sur cette multitude ?
D'où lui vient si soudain une telle attitude ?
Quelle étrange influence a fait ce changement ?
Où donc est son respect et son recueillement ?
Tels on dirait les flots sous les coups de l'orage,
Ou le funeste effet de l'infernale rage
Qui semble pressentir le honteux discrédit
Où va tomber ce culte impuissant et maudit.

Comprenant des chrétiens l'importune présence,
Valérien d'un geste ordonne le silence.
Tout se tait. Et l'aveugle approchant des autels
Implore à haute voix le Roi des Immortels :
« — O puissant Jupiter, ô dieu très-invincible,
Je t'en prie, à mon sort ne sois pas insensible.
Ce que j'ai de plus riche et de plus précieux
Je viendrai te l'offrir si tu me rends les yeux ;
Si mes tristes regards maintenant tu ranimes,
Ici je te promets d'innombrables victimes !...
O déesse Vesta, donne-moi ton secours,
De mes maux infinis vois le funeste cours :
Je te promets un temple et des vierges sacrées,
Un taureau de métal dont les cornes dorées,
Offrande de mes mains, orneront tes autels.
Exauce ma prière, ô Roi des Immortels !
Daigne me secourir, regarde ma détresse,
Daigne me consoler, ô puissante déesse ! »
Il dit ; mais il n'éprouve aucun soulagement,
Bien plus il sent encore augmenter son tourment,
En sa prière même il trouve son supplice

Et se plaint qu'à ses vœux le Dieu n'est plus propice.
En vain de son oracle il appelle la voix ;
Cet oracle est muet. Les chrétiens par la croix
Ont déjoué soudain le honteux maléfice,
Par la croix confondu l'infernal artifice,
Valérien se trouble et le prêtre confus
Voue aux dieux infernaux les chrétiens et Vitus.
Hylas au désespoir retourne en sa demeure,
Il gémit, se lamente et lâchement il pleure...
Le peuple consterné s'écoule lentement
Et se croit sous le coup de quelque châtiment.

Pendant ce temps Vitus s'unit au chœur des anges
Et fait monter vers Dieu ses plus humbles louanges :
« — Gloire à vous, Dieu puissant qui régnez en mon cœur !
Gloire à vous, de l'enfer ô glorieux vainqueur,
Dont jadis la bonté du saint vieillard Tobie
Ranima les regards et consola la vie ;
Bénissez d'un enfant le dévouement pieux ;
A mon père soyez miséricordieux ;
Si de vous adorer mon âme est résolue,
Mon Dieu, sauvez son âme et rendez-lui la vue. »
Hylas l'entend. « — Mon fils, allége ma douleur, »
Dit-il à ses genoux, « — mon fils, sois mon sauveur. »
Saint Vitus lui répond : « — Le voulez-vous, mon père ?
Consentez-vous qu'à Dieu j'adresse ma prière ? »
« — Je le veux, ô mon fils, j'en ai l'ardent désir,
Sous ce poids accablant c'est trop de déplaisir ! »
Ainsi dans le malheur parle l'hypocrisie,
Mais pour elle un bienfait vaut une apostasie !
Vitus le sait. « — Mon père, il faut vous prononcer,
Dit le saint, aux faux dieux il vous faut renoncer.

3

Méprisez Jupiter, Junon, Minerve, Hercule,
Et veuillez au vrai Dieu n'être point incrédule ! »
« — Pour cela que ferai-je, ô mon fils, réponds-moi ?
De soulager ma peine, ô mon fils, hâte-toi !
« — Alors, lui dit le saint, dites qu'en ces statues,
Que vous voudriez voir à vos pieds abattues,
Résident les démons et non vraiment des dieux ;
Et confessez l'erreur de ce culte odieux.
De tous ces dieux sans nombre avouez l'impuissance.
Et si vous ne mentez à votre conscience,
Si votre cœur est droit et si la vérité
Peut trouver dans ce cœur quelque sincérité,
Vos yeux seront ouverts. » — « Eh bien ! donc, j'y renonce,
Crois-moi, contre nos dieux, mon fils, je me prononce.
« — Contre vos dieux, mon père ? Ah ! je comprends assez
Dans ce cœur endurci ce qu'au fond vous pensez !
Mais de tous ces témoins je veux sauver les âmes,
Mon Dieu va les ravir aux éternelles flammes !
Mon Dieu va les gagner à son aimable loi !
Je veux que des chrétiens ils embrassent la foi ;
Au nom de Jésus-Christ je veux qu'ils rendent gloire !
Mieux que vous de ses dons qu'ils gardent la mémoire !
Ils pourront suppléer à votre indignité.
Je leur révèle en vous sa puissante bonté
Et leur montre les biens de sa miséricorde ;
Serez-vous donc ingrat au Dieu qui vous l'accorde ? »

A ces accents chacun semble impressionné ,
Mais Hylas en silence est resté prosterné.
Vitus impose alors les mains à ses paupières
Et son âme s'épanche en sublimes prières :
« — O Lumière du monde, ô notre Créateur,

O Seigneur Jésus-Christ, aimable Rédempteur,
Touche ces cœurs émus des traits de ta clémence ;
Aux païens ébranlés montre encor ta puissance.
Tu donnas la lumière au pauvre aveugle-né
A l'éternelle nuit sans toi prédestiné ;
Ainsi ne pèse pas au poids de ta justice
De cette impiété l'erreur et la malice.
Ce païen, c'est mon père, et je suis ton enfant ;
L'amour en toi, mon Dieu, toujours est triomphant !
Jésus, guéris-le donc, pour ton nom, pour ta gloire !
Fais qu'ainsi ces païens en ton nom veuillent croire,
Mais que tes ennemis à jamais confondus
Puissent voir et trembler au saint nom de Jésus !
Montre que tu bénis ceux qui suivent ta voie
Et qu'un nouveau prodige augmente notre joie ! »

On attend de ces mots les effets merveilleux.
Des écailles soudain s'échappent de ses yeux ;
Son regard aussitôt renaît à la lumière ;
Mais du fourbe on entend l'hypocrite prière :
« — O mes dieux, je rends grâce à vos grandes vertus ;
C'est vous qui me sauvez, non le dieu de Vitus ! »
Et le peuple s'indigne à cette ingratitude,
On frémit, on rougit de cette turpitude.
On acclame le nom du grand Dieu des chrétiens
Et l'on impose ainsi le respect aux païens.
Alors Satan pénètre au cœur du misérable
Et ce père conçoit un projet exécrable :
Il veut avec son fils au plus tôt en finir
Et médite un forfait pour y mieux parvenir.
Son monstrueux orgueil le rendra parricide,
Car l'esprit de Satan surtout est homicide ;

Mais le bras du Seigneur limite son pouvoir
Et contre les élus il ne peut prévaloir.

A mourir pour son Dieu, ce fils pieux aspire,
Mais de la main d'un père ! Ah ! son cœur se déchire !
De lui Dieu voudrait-il un si triste devoir ?
Tout effort sur Hylas est-il donc sans espoir ?
Pour lui le saint martyr priera dans sa souffrance :
La grâce a des secrets pour la persévérance !
Mais le nom du païen désormais avili
Pour nous doit demeurer dans l'éternel oubli.

Enfant béni, courage ! Avec le chœur des anges
De Dieu tu vas bientôt redire les louanges !
Oui, bienheureux celui qui vous aime, ô Seigneur,
Il peut s'abandonner à vous dans le malheur.
Ce n'est jamais en vain qu'en vous son âme espère,
Il sait qu'il a le droit de vous nommer SON PÈRE ;
Vous-même en votre amour le voulez transformer.
Mon Dieu, pardessus tout, qu'il fait bon vous aimer !

TROISIÈME CHANT

~~~~~~~

Angelis suis mandavit de te,
ut custodiant te in omnibus
viis tuis.

(Ps. 90.)

Ici-bas l'œil de Dieu veille sur l'innocence,
C'est l'œuvre de son Cœur et de sa Providence.
Pour l'arracher aux mains d'un ennemi cruel,
Sa puissance remue et la terre et le ciel.
De la ruse orgueilleuse Il sait être vainqueur :
Et Vitus est l'enfant bien-aimé de son cœur !
Au Paradis déjà la lyre séraphique
Raconte ses vertus à tout l'ordre angélique ;
La divine Marie à son doux Fils Jésus,
Tendre Mère, redit le doux nom de Vitus ;
Et le Seigneur lui-même approuve sa louange.
Alors, pour le sauver, Il lui députe un ange :
Le messager céleste obéit sans retard.
Il descend au foyer d'un vertueux vieillard
Dont il sait l'âme droite et fidèle à la grâce ;
C'est l'instrument béni de son aide efficace.
Ennemi de tout mal et n'aspirant qu'au bien,
Modeste est le nom vrai de ce digne chrétien.
Nourricier de Vitus, il n'eût pas d'autre zèle
Que d'être à sa jeune âme un excellent modèle.

Il priait, quand aux yeux du vieillard étonné
Paraît l'ange de Dieu d'un nimbe environné :

« — Prends l'enfant, lui dit-il, et descends à la plage,
Une barque légère attend sur le rivage ;
Et près de la contrée où je dois te guider
Avec l'aide de Dieu tu pourras aborder.
« — J'ignore le chemin, dit simplement Modeste.
« — Suivez-moi, répond l'ange, et Dieu, je vous l'atteste,
Touché de votre amour pour l'Église et sa loi,
Protégera vos pas, bénira votre foi. »

Et tous trois se hâtant s'avancent en silence,
Bénissant en leurs cœurs l'aimable Providence.
Déjà baisse le jour. L'ange guide leurs pas :
L'enfant et le vieillard appuyé sur son bras
Se livrent avec joie à sa sollicitude ;
Et l'âme rassurée, exempts d'inquiétude,
Docilement ils vont à la grâce de Dieu.
Si grand que soit le monde on la trouve en tout lieu !

Soudain la mer immense apparait à leur vue :
O spectacle étonnant ! O merveille imprévue !
Immensité sublime ! Horizon sans pareil
Qui resplendit sans fin sous les feux du soleil !
Son disque radieux sur la vague azurée
Mille fois se reflète en lumière dorée ;
Et mille fois au loin les tons de l'arc-en-ciel,
Majestueux rayons de l'œil de l'Éternel,
Miroitent sur les flots en auréole immense ;
Ainsi l'astre du jour à son coucher s'avance.
Bientôt au sein de l'onde il semble se plonger ;
L'or, la pourpre et l'azur vont soudain converger
En un point scintillant, dernier jet de lumière,
Et l'astre disparait dans un autre hémisphère.

Vitus ému soupire une hymne au Créateur ;
Il contemple ravi ce spectacle enchanteur,
De la gloire infinie image fugitive !...

Mais voici la nacelle amarrée à la rive ;
En hâte il faut partir ; la puissance de Dieu
Pour sauver un enfant l'a voulue en ce lieu.
Et de la brise on sent la douce et tiède haleine.
L'ange aux regards du saint sous l'apparence humaine
Et l'humble vêtement des simples matelots
Pour les guider s'avance et met la barque à flots :
« — Où pensez-vous aller ? dit-il, à quelle plage ?
Réponds, enfant, peux-tu m'assurer ton naulage ?
« — Dieu peut-il délaisser son humble serviteur ?
Lui dit le saint, son ange est notre conducteur ;
Et les dons infinis que sa bonté dispense,
Frère, de tes bienfaits seront la récompense. »

Ils montent sur l'esquif et d'un bras vigoureux
L'ange, de l'aviron, bat les flots écumeux.
Au large, sous le vent sa voile déferlée,
Comme fait l'alcyon pour prendre sa volée,
S'agite en frémissant, puis s'enfle et les conduit
Loin des sanglants périls du rivage qui fuit.
Le vieillard à la barre, attentif aux étoiles
Qui des ombres du soir ont transpercé les voiles,
Est calme et recueilli ; sur son front radieux
Semble se refléter la pureté des cieux.
L'enfant à ses genoux garde un pieux silence
Et son cœur bénit Dieu de cette délivrance.
Où vont-ils ? Dieu le sait ! Il suffit à son cœur

Que la grâce et la foi soutiennent sa ferveur.
La barque glisse au vent sur les vagues dociles
Et l'ange laisse aller ses rames inutiles.

Alors il chante et l'onde à ces accents si doux
Semble de plus en plus apaiser son courroux :

« * Ton trône est dans les cieux ; la terre est ton domaine;
Seigneur, tout reconnait ton empire éternel !
Si contre tes enfants le monde se déchaine,
    Tu les soutiens de ton cœur paternel !

Heureux qui voit ton trône au séjour de ta gloire !
Mais ce dôme azuré, ce firmament, ces feux,
Aux regards des mortels quel hymne de victoire !
    Aux cœurs chrétiens quel hymne glorieux !

Le péché sur la terre a coulé comme un fleuve ;
Pareil à l'Océan l'enfer s'est déchainé ;
Mais le cœur pur est calme et fort devant l'épreuve,
    Aux pieds de Dieu s'il demeure incliné.

L'Esprit de Dieu planant sur la vague écumante
Commande en sa puissance à la fureur des flots ;
De sa droite Il bénit l'Église militante
    Et de l'enfer dissipe les complots.

Palais du firmament, ton azur est splendide ;
Ta vue est émouvante, immensité des mers ;
Mais tu n'es rien pour Dieu qui dans les cieux réside
    Et comme un point regarde l'univers.

Qui montera, Seigneur, à ta montagne sainte ?
Qui fixera sa tente en ton divin séjour ?

Le cœur demeuré pur et qui n'eut d'autre crainte
    Que de trahir ton admirable amour.

Qui verra de ton ciel la clarté glorieuse ?
Celui dont l'innocence à ton saint nom, Seigneur,
De ses mains a voué l'activité pieuse,
    De son amour la vive et sainte ardeur.

Ce ne fut pas en vain qu'il reçut en son âme
Les dons bénis que Dieu voulut lui départir ;
Ennemi de la ruse ou du serment infâme,
    Contre son frère il ne sut point mentir.

Bienheureuse à jamais est l'âme qui désire
En Dieu vivre ici-bas et grandir en ferveur ;
L'aimable Providence et la garde et l'inspire
    Et lui prépare un éternel bonheur !... »

Ce chant mystérieux du nocher angélique
Un instant suspendu prend l'accent prophétique :
Soudain une harmonie aux sublimes accords
Émeut les fugitifs et guide ses transports.

« — Princes vaillants des célestes cohortes,
Se réalise enfin le plus saint de vos vœux !
    Ouvrez, ouvrez des cieux
    Les éternelles portes !
Portes d'airain, élevez-vous,
Suspendez-vous en voûtes triomphales !
Chérubins, assemblez vos escortes royales,
    Sublimes chœurs, accourez tous !
    Voici le Roi de gloire !

De ses combats acclamez la victoire !
　　Anges des cieux, dites-le nous ;
　　Quel est le nom de ce grand Roi de gloire ?
Il est le Dieu puissant, le Dieu fort et jaloux !

　　Princes vaillants des célestes cohortes,
　　Pour son triomphe à jamais glorieux,
　　　　Ouvrez donc, ouvrez des cieux
　　　　Les éternelles portes !

　　　　Portes d'airain, élevez-vous ;
　　　　Anges des cieux, accourez tous,
　　　　Voici, voici le Roi de gloire !
De ses combats puissants acclamez la victoire !
　　Célébrez-en l'éternelle mémoire !
Et vous, méchants, tremblez devant ce Dieu jaloux ;
　　Disparaissez aux traits de son courroux ! »

Il chante et l'on entend comme une symphonie
Qui mêle à sa voix pure une douce harmonie ;
Autour du frêle esquif les chœurs des Séraphins
Semblent faire cortége aux humbles pèlerins.
Étonnés et ravis, ils gardent le silence.
Impuissants aux élans de leur reconnaissance,
Ils pleurent ! Bienheureux ceux qui pleurent en Dieu ;
Son amour les console et les sauve en tout lieu !
　　Déjà vers l'orient l'on voit poindre l'aurore,
Déjà de mille feux l'horizon se colore ;
La côte verdoyante apparaît à leurs yeux
Et bientôt à la plage ils abordent joyeux,
Chantant au Tout-Puissant l'hymne de sa louange.
Mais leurs yeux attristés soudain ne voient plus l'ange ;
Jusqu'au trône de Dieu le divin messager

Déjà s'est élancé d'un vol prompt et léger.
L'enfant et le vieillard sur la rive d'un fleuve *
S'avancent, préparés à la nouvelle épreuve
Que Dieu sans doute encor réserve à leur vertu.
Quel chrétien dans l'épreuve est jamais abattu !
Modeste au cœur de Dieu dit tout bas ses prières,
Mais le saint, éclairé des célestes lumières,
Au Roi-prophète emprunte un admirable chant
Qu'aux échos il traduit en ce rhythme touchant :

« — * Je crois, mon Dieu, je crois à ta sainte parole
Et j'aime à le redire en sincères accents ;
De mon cœur éprouvé ta douce voix console
   Les soupirs impuissants.

A toi j'ai confié le trouble de mon âme
En voyant que tout homme ici-bas est menteur ;
Esprit de vérité, nourris-moi de ta flamme,
   Esprit réparateur.

Entends mon cri d'amour et de reconnaissance :
Que pourrai-je te rendre ici-bas, ô mon Dieu ?
Sans nombre j'ai reçu les dons de ta clémence ;
   Guide-nous en ce lieu.

Quand du salut ma lèvre aura bu le calice
Et que son amertume aguerrira mon cœur,
J'invoquerai ton nom, tu me seras propice
   Et je serai vainqueur.

A ton peuple choisi j'annoncerai ta gloire,
Devant tes ennemis je t'offrirai mes vœux :
Le trépas des martyrs restera ma victoire
   Précieuse à tes yeux.

Oserai-je, ô mon Dieu, te promettre mon zèle ?
Car c'est ma joie, à moi, d'être ton serviteur,
Et j'ai pour mère aussi ta servante fidèle,
La mère du Sauveur.

Je t'offre en sacrifice une hymne de louanges,
Car ta miséricorde a brisé mes liens ;
Je bénirai ton nom bientôt avec les anges
Et les martyrs chrétiens !

Oui, j'annonce à tes saints ton invincible gloire,
Devant tes ennemis ma voix t'offre ses vœux
Et contre les enfers je chanterai victoire
En entrant dans les cieux ! »

Cependant les deux saints fatigués du voyage
Prennent un doux repos à l'ombre du feuillage
D'un olivier touffu, symbole de la paix :
Tout doit-il à leurs pas sourire désormais ?
Dieu regarde d'en haut ses serviteurs fidèles
Et sur eux Il répand ses grâces éternelles :
Que le cœur est heureux s'il se livre au Seigneur !
Vivre en souffrant pour Lui quel secret du bonheur !
Mais où vont-ils trouver un peu de nourriture ?
Ah ! Dieu ne prend-il pas soin de sa créature !
Un aigle, roi des airs, descend du haut des cieux,
En sa serre il apporte un pain délicieux ;
Et tous deux rendent grâce à cette Providence
Qui leur départ les biens de sa munificence.
Dès lors de nos héros sous l'arbre hospitalier
L'oiseau royal pourvoit au repas journalier.
Bientôt s'est répandu le bruit de ce miracle ;
De tous lieux on accourt à ce divin spectacle ;

On rappelle du saint les sublimes vertus
Et chacun se redit le doux nom de Vitus.
De nouveau les démons confessent sa présence
Et dans les possédés sentent son influence :
« — Ici, viens-tu régner, Vitus, à nos dépens ?
Viens-tu, rugissent-ils, nous perdre avant le temps ? »
   Mais saint Vitus armé d'une vertu puissante
Expulsait les démons de sa main bénissante ;
De sa bouche d'enfant il prêchait le Seigneur,
Des cieux il révélait l'incroyable bonheur.
Et le peuple, docile à la grâce divine,
Recevant le baptême, embrassait sa doctrine.
Avec quelle ferveur, quelle force d'amour,
Transportant leur pensée au céleste séjour,
L'enfant parlait de Dieu, de sa toute-puissance,
De sa juste rigueur, de sa douce clémence !
Saint apôtre avant l'âge, il semble pressentir
Que pour le Christ encor ses membres vont souffrir ;
Empruntant de nouveau les accents du Prophète,
Des âmes soupirant à la noble conquête,
L'enfant comme en extase éclate en saints transports :
Lyre des Séraphins, prêtez-lui vos accords !

« — ' Comme le cerf aspire aux fontaines d'eau vive,
      Ainsi mon âme aspire au saint amour.
Du banquet éternel serai-je le convive ?
      D'y goûter Dieu quand sera-ce mon tour ?

O Dieu si bon, Jésus, mon amour et ma vie,
      Quand te verrai-je en tes saintes splendeurs ?

Quand te contemplerai-je en mon âme ravie ?
De J'ai soif de toi ! Satisfais mes ardeurs !

O Seigneur, jour et nuit je me nourris de larmes,
De Mon ennemi me poursuit en tout lieu.
Sans ta grâce je suis comme un soldat sans armes
De Et l'on me dit : Où donc est-il, ton Dieu ?

Le salut de mon père est l'effroi de mon âme,
De Mais mon cœur triste en toi s'est reposé.
Ta grâce le soutient, ta charité l'enflamme,
De Quand verra-t-il son désir apaisé ?

Oui, mon Dieu, j'entrerai dans ton saint tabernacle,
De De ton palais je verrai la splendeur.
Je verrai de ton ciel l'admirable spectacle,
De A mes regards paraîtra ta grandeur !

Là je m'enivrerai de tes chants d'allégresse !
De Une harmonie aux sublimes accords
Me dira ta louange et mon âme en liesse
De Tressaillira d'ineffables transports !

Mais, mon âme, pourquoi, pourquoi dans cette attente
De Serais-tu triste, en proie à la douleur ?
Tu n'as que pour un temps ici-bas mis ta tente
De Et tu seras moissonnée en ta fleur !

. . . .
. . . .

Va, ne te trouble point ! Que la sainte espérance
De De tes esprits ranime la ferveur !
Mon cœur a des trésors d'amour et de clémence :
De Je suis ton Dieu, ton aimable Sauveur !

. . . .
. . . .

Sur la terre un abime appelle un autre abime,
    L'iniquité cherche l'iniquité.
Et sans cesse l'enfer veut prélever sa dime
    Sur les saints droits de ton autorité.

Comme une cataracte, un flot inépuisable
    De maux sans fin sur nous s'est répandu ;
Des réservoirs d'en haut le déluge effroyable
    S'est déversé sur le monde éperdu.

Dans cette nuit terrible entonnons le cantique
    De l'espérance et de l'humilité.
Mais à mes yeux soudain dans cet instant critique
    Luira le jour de l'immortalité.

Dieu de miséricorde, à toi l'humble prière
    Du cœur d'un fils en son affliction !
Seigneur, sois mon appui, ma vie et ma lumière,
    Prends en pitié ma tribulation.

Ne me délaisse pas au jour de mon martyre !
    De mes esprits viens calmer la frayeur !
Tandis que des méchants l'implacable délire
    Veut m'accabler du poids de sa fureur !

Ils ont brisé mes os ! Et leur stupide rage
    A ton amour a voulu me ravir !
Pour ton nom m'abreuvant de sarcasme et d'outrage
    Ils ont voulu de crimes s'assouvir !

Où donc est-il, ton Dieu ? redit leur bouche impie...
    Hélas ! mon père augmente ma douleur !

Mais son iniquité, mon martyre l'expie !
    C'est mon espoir ! Mon Dieu, c'est mon bonheur !

. . . .
    . . . .

Va donc et ne crains rien ! Ta sainte confiance
    De mes bontés mérite la faveur.
Mon Cœur a des trésors d'amour et de clémence.
    Je suis ton Dieu, ton aimable Sauveur ! »

Ainsi l'enfant béni fut l'aimable interprète
Des accents que chantait jadis le Roi-prophète.
Échappé par miracle aux premiers attentats,
Enfin voici pour lui les suprêmes combats !

QUATRIÈME CHANT

~~~~~~~~

Cùm duxerint vos tradentes,
nolite præcogitare quid loqua-
mini : sed quod datum vobis
fuerit in illà horà, id loqui-
mini.

(S. Marc, 13.)

Celui qui se croyait le seul maître du monde
Vit son fils possédé par un esprit immonde :
Cet esprit, se raillant de Dioclétien,
L'obligea de compter avec le nom chrétien.
Et son fils consumé de feux impitoyables
Poussait jusques au ciel des clameurs effroyables :
« Vitus de Lucanie, ah ! je ne crains que lui ;
A son ordre déjà combien de fois j'ai fui !
Lui seul peut me chasser ! A lui cette puissance !
Lui seul aura ce fruit de mon obéissance ! »
Ainsi parlait, pressé par l'esprit infernal,
Le puissant héritier du trône impérial.
« — Où donc enfin, dis-moi, trouverai-je cet homme ?
Lui répond l'empereur ; qu'on me l'amène à Rome !
« — Envoyez maintenant près du fleuve Silar,
Tremblant c'est là qu'il fuit le palais de César. »

Ainsi parle du saint cet esprit de mensonge,
Impatient du feu qui le brûle et le ronge ;
Et des soldats conduits par un centurion
S'en vont de l'empereur remplir la mission.

4

Du Christ vers le Silar trouvant enfin l'athlète,
Le soldat à l'enfant présente sa requête :
« — Réponds, es-tu Vitus ? — — C'est moi, de plus pécheur !
— A Rome il faut venir aux pieds de l'empereur ;
A son divin repos ta vue est nécessaire.
— Pour le maître du monde, hélas ! que puis-je faire ?
Avorton que je suis ! — De sa divinité
Par un esprit malin le fils est tourmenté ;
C'est pourquoi l'empereur demande ta présence
Et même cet esprit proclame ta puissance.
— Allons, dit saint Vitus, au nom du Rédempteur !
Allons, mon père, allons de Dieu venger l'honneur ! »
Et Modeste et le saint se joignent au cortége ;
Partez, pieux martyrs, et que Dieu vous protége !

Enfin la grande Rome apparaît à leurs yeux.
De ses palais géants les frontons glorieux
Touchent peu ces chrétiens occupés de la gloire
Du Dieu qui va bientôt leur donner la victoire.
Mais à l'ordre déjà de Dioclétien
Devant cet ennemi du nom seul de chrétien
Le vieillard et l'enfant s'en viennent comparaître :
De Rome et de l'empire ils voient enfin le maître !

D'abord il apparaît terrible en son regard,
Puis son œil est mobile, inquiet et hagard.
Son front bas et plissé, sa grossière encolure,
Sa lèvre qui respire un souffle de luxure,
Son vêtement, son geste, en lui tout est abject.
En revanche à ses yeux tout doit être suspect ;
Même ce bel enfant au gracieux visage,

Au regard plein de flamme, au front plein de courage !
Que sa démarche est noble et modeste à la fois !
Qu'importe ? Il n'est si beau qu'en la grâce divine,
En l'aimable pudeur dont son front s'illumine !
Face à face voici le vice et la vertu ;
Du sceau de sa valeur chacun est revêtu !
Tous deux se sont compris ; la suprême puissance
Ne se sent pas à l'aise avec cette innocence !
Mais il faut bien parler !

                          — « Vitus est-il ton nom ?
Jeune encor, tu n'es pas, paraît-il, sans renom ? »
L'enfant se tait. Alors de la voix et du geste
Le maître impérieux interroge Modeste :
« — Vieillard, explique-toi sans ambiguïté ;
Tout ce qu'on dit de vous est-il la vérité ?
On dit que sous vos pas surgissent des merveilles,
Nul avant vous n'a fait tant d'actions pareilles.
Parle enfin, je t'écoute ! » Et le fier empereur
Accentuait ces mots sur un ton de fureur.
Mais le vieillard ému, d'une voix hésitante
Qui n'apprit jamais l'art de la forme élégante,
Ne sut le satisfaire. Et Dioclétien
Se plaisait à railler cet ignorant chrétien.

Vitus alors lui dit : « — Pourquoi cette exigence ?
Pour sa digne vieillesse ayez plus de clémence.
Contre ses cheveux blancs moins de sévérité,
Seigneur, ne saurait nuire à votre autorité. »
« — Oses-tu mépriser cette gloire suprême
Qu'a placée à mon front ce divin diadème ?

Réplique l'empereur, réponds, jeune étourdi,
A parler de ce ton qui te rend si hardi ?
Contre ton maître, enfant, quelle est cette colère ?

« — Entendez-le, seigneur, de ma bouche sincère,
Dit le saint, je vous parle en la simplicité
Que dépose en mon cœur l'Esprit de Vérité.
La colère n'est pas, seigneur, en ma parole :
Pour moi la loi du Christ n'est pas un vain symbole.
Mon Christ est par nature aimable et paternel,
Par puissance Il est grand ici-bas comme au ciel ;
Il est humble, Il est doux et sa miséricorde
Sur le monde s'étend quand le crime y déborde.
Disciples de ce Dieu, nous ne pourrions un jour
Entrer dans les splendeurs de son céleste amour
Si nos cœurs oubliaient de mettre leur étude
A suivre les leçons de sa mansuétude.
Ses disciples, seigneur, toujours humbles et doux,
Sans pécher ne sauraient parler avec courroux. »

A peine acheva-t-il que d'une voix horrible,
Obsédé sous les coups d'une crise terrible,
Le fils de l'empereur cria : « Vitus, Vitus,
Pourquoi veux-tu nous voir à tes pieds confondus ?
Avant le temps l'enfer pour nous se renouvelle
Et ravive par toi sa torture cruelle ! »
   Mais l'humble enfant se tait. Il sait que le Seigneur
Confirme dans sa voie un humble serviteur.
Et Dioclétien, blessé de son silence,
En colère lui dit : « — Montre donc ta puissance !
Ne peux-tu le guérir ? C'est mon fils ! Le sais-tu ?

« — Moi-même je n'ai pas, seigneur, cette vertu ;
Répond le saint ; le Christ, le Rédempteur du monde
Seul pourra commander à cet esprit immonde.
Fils de Dieu, seul Il peut lui rendre la santé ;
Pour moi je ne suis rien. Sa sainte volonté
Peut cependant choisir mon humble ministère
Et tout sera facile à ma faible prière. »
    Mais aux cris du démon le maître impatient
Mène Vitus au prince et se fait suppliant...
    Ainsi l'orgueil de l'homme a ses jours d'impuissance,
Jours où se brise enfin toute son arrogance.
Ah ! Dioclétien, ton Dieu veut t'avertir ;
Sa main toute-puissante en toi se fait sentir !
Que ta force orgueilleuse est misérable et vaine
Quand la main d'un enfant sur cet énergumène
Au nom de Dieu commande à l'infernal esprit !
Cet enfant parle ; écoute ! « — Au nom de Jésus-Christ,
Sors de sa créature ! Adore, esprit immonde,
Le nom trois fois sacré du Rédempteur du monde ! »
Tel est l'ordre puissant d'un jeune enfant chrétien :
Que devient donc ta gloire, ô Dioclétien ?
Et ce démon naguère insultant ta puissance,
Voici qu'à la faiblesse il rend obéissance !
Mais il se venge et tue à tes pieds, empereur,
Tous ces cruels païens objets de ta faveur
Du saint enfant Vitus railleurs à ton exemple.
O Dioclétien, tout l'enfer te contemple !
Parle donc à cet ange objet de ton regard ;
Sa beauté te séduit, ô lubrique vieillard !
Et la postérité saura ta politique !
Dis-lui si de nos jours pour la chose publique
Ta parole est féconde en forts enseignements !
O César, notre siècle en ses emportements

T'imite en ta folie et t'admire en ta haine ;
Comme toi contre Dieu sa fureur se déchaine ;
Et sa parole est douce et perfide à la fois !
Parle donc au martyr de ta plus douce voix !
Tu vas prêter, César, aux accents du poëte
Qui pourtant de l'histoire est le juste interprète.
Mais tout âge à l'Église a fourni son bourreau ;
Sous le soleil moderne il n'est rien de nouveau !

« — Allons, très-cher Vitus, doux espoir de ma vie,
Dit l'empereur, mon cœur maintenant t'en convie,
Entre dans ma pensée et sacrifie aux dieux.
Avec moi tu seras un prince glorieux
Orné de tous les biens que ton âme désire.
Je te donne une part de cet immense empire ;
Je te revêts de pourpre et je suis ton ami,
Tu seras l'ornement de mon trône affermi ! »

« — Que ferais-je, ô César, de ton terrestre empire ?
Il en est un plus grand auquel mon âme aspire !
Donne à d'autres ta pourpre et laisse-moi mon ciel !
Tout martyr est un prince aux pieds de l'Éternel !
Il est mon Roi, mon Dieu ! Si je lui suis fidèle,
Il me revêtira d'une pourpre immortelle.
Les ténèbres jamais ne pourront obscurcir
La robe dont mon âme au ciel doit resplendir ! »

« — Réprouve, ô mon Vitus, ta funeste pensée,
Réplique l'empereur ; d'une ardeur empressée,
Enfant, sauve ta vie et sacrifie aux dieux
Si tu ne veux périr en un supplice affreux ! »

« — Ce supplice, ô Jésus, pour toi je le désire,
Mon cœur qui t'aime vole au bienheureux martyre ;
A moi toujours fidèle à mon Seigneur Jésus
La palme glorieuse au séjour des élus ! »

Mais Dioclétien en proie à la colère
Ne saurait tolérer cette sainte prière.
Les gardes à son ordre enchaînent aussitôt
Modeste avec Vitus au fond d'un noir cachot,
Réservé d'ordinaire aux derniers des esclaves.
Leurs membres sont chargés des plus lourdes entraves ;
C'est là qu'ils périront, sans air, sans pain, sans eau...
Oserait-on briser l'empreinte de l'anneau
Du maître impérial, dieu de la grande Rome,
Qui pense prévaloir contre le Dieu fait homme ?
Quel étrange combat ! Qui sera le vainqueur ?
Le vice ou la vertu ? L'enfant ou l'empereur ?
Grand Dieu, n'oubliez pas notre humaine misère !

Soudain dans le cachot une vive lumière,
Pénétrant la muraille en descendant des cieux,
Change ce lieu d'horreur en temple glorieux.
Les gardes effrayés à ce divin spectacle
Rendent tous en pleurant témoignage au miracle.
D'une voix éclatante on entend saint Vitus
S'écrier : « — A notre aide, ô mon Sauveur Jésus !
Accours, étends sur nous ta main toute-puissante !
Et comme aux trois enfants en la fournaise ardente,
Seigneur, ne manqua pas ton bienfaisant secours,
Jésus, voici ton heure, il en est temps, accours ! »

A ces accents de foi d'une force invincible
La terre tout-à-coup d'une secousse horrible
Tremble ! Et le doux Sauveur lui-même au saint enfant
Apparaît dans un nimbe, aimable et triomphant.
Il répand les parfums de sa gloire céleste
Et rassure d'abord le doux vieillard Modeste ;
Puis il dit :

        « — O Vitus, sois ferme dans ta foi !
Demeure en patience et je suis avec toi ! »

Et Jésus, exauçant leur ardente prière,
A leurs pieds fait tomber leurs chaines en poussière.
Il disparaît. Alors les chants mélodieux
D'un concert tout divin se répandent des cieux.
Dans la sainte prison descend le chœur des anges ;
De Rome et de l'Église ils chantent les louanges !

  « — Béni soit le Seigneur, le Dieu grand d'Israël,
        Chantons, exaltons sa puissance ;
           Il est l'Emmanuel
        Rome, chante ta délivrance !

        Du salut le signe sacré
Marque du sceau divin ton enceinte royale.
Par la voix de David ton Seigneur l'a juré :
        Voici sa marche triomphale !

Peuples, éclairez-vous au flambeau de sa foi !
        Fidèle en toutes ses promesses,

La main de Dieu dispense ses largesses
Aux disciples de sa Loi !

A Rome il a posé la base de son trône,
Sur le front dépouillé de ses fiers ennemis !
Si leur défaite les étonne,
Si la confusion soudain les environne,
Les fidèles sont affermis.

Au Très-Haut les puissants ont déclaré la guerre !
Tous ces forbans sur les flots orageux
Ont poursuivi de cris tumultueux
L'humble barque de Pierre !
De leur haine farouche ils se sont enivrés,
Mais à leur propre sens Dieu les laisse livrés
Et sur son roc les brise comme verre !

Chantons ce Dieu fort et jaloux !
Du cœur fidèle Il est le père,
Il a pitié de l'humaine misère ;
Des généreux martyrs Il entend la prière,
Mais réserve aux bourreaux les traits de son courroux !

Enfant ne tremble pas, sur toi le Seigneur veille !
Son œil jamais ne sommeille !
Bientôt l'heure de Dieu,
L'heure de ta délivrance
Verra couronner ta constance
Et de ton cœur exaucer l'humble vœu.

Nos doigts tressent déjà ta couronne immortelle !
Marche donc à la voix de ton Dieu qui t'appelle
A la palme du vainqueur !

De sa force Il arme ton cœur,
Règne avec Lui dans la gloire éternelle !

O Séraphins, bénissons le Seigneur !
Exaltons à jamais sa puissance ;
Sainte Église de Dieu, chante ta délivrance,
Chante le nom de ton Sauveur ! ! ! »

Aux accents merveilleux de ce chant prophétique
Répétés aux échos par le chœur angélique,
Les gardes consternés sont glacés par la peur ;
Plusieurs restent sans voix et frappés de stupeur.
Mais bientôt en désordre une course rapide
Précipite au palais une horde stupide.
« — Très-pieux empereur, venez nous secourir,
Car sans vous, disent-ils, le peuple va périr ! »
Mais l'empereur s'irrite et son esprit se trouble,
Vainement il les calme et sa fureur redouble.
« — Qu'avez-vous ? Et pourquoi ces étranges clameurs ?
Dites l'objet fameux de vos folles terreurs ?
« — Ah ! César, quel prodige ! Une immense lumière
Environne Vitus et Modeste son père.
Nous ne savons quels dieux des cieux ou des enfers,
Pénétrant la muraille, ont brisé tous leurs fers.
A l'entour se répand un parfum ineffable ;
Et devant eux se tient un homme incomparable
Plus beau que l'on ne vit jamais aucun mortel.
Il leur parle, et sa voix n'a rien de naturel.
En foule autour de lui chantent des personnages
Tout vêtus de lumière, aux radieux visages !
Leurs chants semblent, seigneur, un doux écho des cieux !
Venez donc les entendre, empereur très-pieux ! »

Mais son orgueil l'aveugle et dans sa fourberie,
Maudissant ces témoins, il éclate en furie :
« — Aux arènes, dit-il, aux lions ces chrétiens !
Que leurs féroces dents leur servent de liens !
Nous rirons en voyant si dans ma main divine
Leur Christ empêchera leur fatale ruine ! »

Et Dioclétien sourit et se promet
Un heureux lendemain et des jeux à souhait,

CINQUIÈME CHANT

Vidi mulierem ebriam de sanguine sanctorum, et de sanguine martyrum Jesu.
(Apoc. 17.)

Hâtons-nous, Dieu le veut ! pèlerins de l'histoire,
Avant que ne s'engouffre en chaque *vomitoire* *
Cette tourbe romaine avide de ces jeux.
De l'aurore il nous faut tromper les premiers feux.
Anges des saints combats, volez au Colisée
Recueillir avec nous la suave rosée,
Le céleste parfum du sang de nos martyrs.
La nuit recèle encor tous ses honteux plaisirs
Et tout semble se taire en la Ville éternelle !
Les lions sont repus et l'heure est solennelle !
L'astre brillant des nuits inonde de clarté
Ce berceau triomphant de l'humble Chrétienté.
Anges, guidez nos pas sur ces sanglantes pierres !
Ces murs, les fils vaincus des races étrangères
Et les chrétiens surtout de leurs vaillantes mains
Les ont, pour les plaisirs des féroces Romains,
Bâtis pour leur martyre ! O colosse effroyable,
Théâtre glorieux d'un combat formidable,
Quand donc sur ton arène où les flots de son sang
Pour son Dieu tant de fois ont coulé de son flanc
L'Église aura planté l'étendard de sa gloire,
La croix, mémorial de sa grande victoire !
C'est dans ton sein géant que vient le Peuple-Roi

Assister en railleur aux combats de la foi !
C'est là que des vieillards, des enfants et des femmes,
De fiers patriciens, des espions infâmes,
Matrones, courtisans, consuls ou sénateurs,
S'en viennent applaudir aux jeux des empereurs.
Et ces jeux, c'est un flot de boucherie humaine,
Suprême volupté d'un peuple énergumène !
Avançons ! En esprit mêlons-nous en ces lieux
Aux anges des martyrs qui descendent des cieux :
Trois siècles ont rendu leur nombre incalculable !
A leur tête se tient l'archange redoutable !
Saint Michel invisible observe Lucifer
Dont la rage aux abois a déchaîné l'enfer
Pour tenter à nouveau cette suprême lutte,
Qui jadis aboutit à sa honteuse chute.
Marchez donc sous ce guide, insensés fils d'Adam,
Contre Dieu votre bras fait l'œuvre de Satan !
Mais un monde invisible, attentif à la crise
Qu'aux temps marqués par Dieu subit la sainte Église,
Veille tout près de vous sans quitter les splendeurs
Que Dieu révèle au ciel à leurs saintes ardeurs !
Peuple Romain, viens donc à l'arène sanglante !
Sur ce champ de la mort l'Église triomphante
Plane et de nos martyrs bénit les saints combats !
Ah ! sais-tu quels témoins ont devancé tes pas ?
Viens donc, peuple Romain ! Depuis longtemps l'aurore
N'a plus à l'horizon l'astre qui la colore.
Des fauves l'on entend les sourds rugissements
Et dans les souterrains d'horribles grognements ;
La panthère altérée en vain cherche sa proie !...

Mais le voici, ce peuple enivré de sa joie !

Il se hâte, il pénètre aux sommets des degrés.
De leurs habits de fête insolemment parés,
Voici des opulents le vaniteux cortége
Et des prêtres païens l'ambitieux collége !
Bientôt l'amphithéâtre est rempli. Chaque rang
En contient des milliers plus avides de sang
Que la bête sauvage affamée et captive.
Soudain le Peuple-Roi se tait : César arrive !
Sur Dioclétien tout regard est tourné ;
D'empressés courtisans il est environné.
En entrant il essaie un gracieux sourire,
S'imagine un instant que ce peuple l'admire,
Puis il prend place au trône orné du *pulvinar* *
Et les jeux sont ouverts au signal de César.
D'amener les chrétiens il n'est pas temps encore :
C'est un don de César au peuple qui l'implore !
Mais pour ouvrir les jeux, plus d'un gladiateur
Doit enivrer de sang l'âme du spectateur ;
Il faut que cet arôme excite les courages ;
Il faut aux pieds du maître accomplir les usages :
« *Nous saluons César, nous qui devons mourir !* * »
Et le peuple applaudit à ceux qu'il voit périr
Pourvu qu'élégamment ils tombent sur la place
Et qu'avec un sourire ils meurent avec grâce.
Mais ce peuple est bientôt lassé des histrions ;
Il appelle à grands cris « *les chrétiens aux lions !* * »
Le farouche empereur, impatient lui-même,
Répond par un signal d'autorité suprême.

Alors le *lanista* * geôlier de nos chrétiens
Les pousse devant lui demi-nus, sans liens ;
Ils entrent ; les Romains hurlant les interpellent

Et les *Venatores* * en passant les flagellent.

    Vitus dit à Modeste : « — O père, soyez fort !
Si la tempête gronde, enfin voici le port !
Les glaives du démon sont notre délivrance ;
Et Dieu va couronner bientôt notre constance !
A nos âmes déjà je vois les cieux s'ouvrir !
Marchons ! Pour Jésus-Christ c'est l'heure de souffrir ! »

    Mais ce peuple s'apaise au seul regard du maître,
Et les nobles martyrs à ses pieds vont paraître.
« — Eh quoi ! te vois-je ici, Vitus ? » dit l'empereur.
Alors le bienheureux qu'embrase la ferveur,
Reste les yeux au ciel ravi dans la prière.
Son silence confond ce maître de la terre :
« — M'entends-tu ? Dans quel lieu te vois-je ici, Vitus ?
« — Dans l'arène... et bientôt au séjour des élus !
Hâte-toi donc, César, vite achève ta tâche ;
Et sache qu'un chrétien pour son Dieu n'est point lâche ! «
« — Sauve-toi du supplice et sacrifie aux dieux ! »

    Mais le martyr sans crainte à ce prince orgueilleux
Réplique librement : « — O tyran de nos âmes,
Fils du démon, tison des éternelles flammes.
Loup ravisseur, bientôt tes persécutions
Sur toi vont retomber en malédictions.
Un miracle de Dieu t'a donc mis en furie ?
Ah ! j'admire l'excès de ton effronterie !
Après si grande grâce oses-tu me tenter ?
JE SUIS CHRÉTIEN ! Mon sang ici veut attester
De tes faux dieux, César, l'erreur et l'impuissance ;
En Jésus mon vrai Dieu, j'ai mis ma confiance ;

Pour nous Il voulut être un jour crucifié,
Et moi, pour Lui je veux être sacrifié ! »

Ne se possédant plus de rage et de colère,
L'empereur veut qu'on chauffe une horrible chaudière
Toute pleine de plomb, de résine et de poix,
Pendant que le martyr reste les bras en croix,
Adressant à son Dieu sa prière fervente.
La matière embrasée est enfin bouillonnante ;
Le *lanista* l'y plonge, et l'enfant bienheureux,
Sans proférer un cri, s'y tient tout radieux,
Car un ange lui verse une douce rosée.
Alors l'on n'entend plus un souffle au Colisée,
Tout ce peuple est muet, glacé par la stupeur ;
Et saint Vitus exhale un doux chant au Seigneur :

« — Mon Dieu, toi qui sauvas Israël par Moïse,
Sois à tes serviteurs miséricordieux ;
D'un joug aussi cruel délivre ton Église
Et révèle aux Romains ton nom si glorieux !...

« O Dioclétien, du cœur le plus sincère
Je te rends grâce, à toi, de ce bain salutaire. »
Alors le saint enfant s'élançant au dehors,
Nulle trace du feu n'apparaît sur son corps ;
Bien plus, on voit sa chair plus blanche que la neige.
Et ce peuple a l'instinct du Dieu qui le protège ;
D'un sentiment profond il s'écrie : « — A nos yeux,
Non ! jamais n'apparut un fait si merveilleux ! »
Et Vitus redisait, d'une voix angélique,
Du saint Roi des Hébreux ce glorieux cantique :

5

« — * Tu viens de m'éprouver, mon Dieu, comme l'or pur ;
       Mais sur mon corps veillait ton ange.
Mon cœur, impatient de t'offrir sa louange,
       Mon cœur pour le martyre est mûr !

       Tes ennemis ont assiégé mon âme,
Mais mon âme, fidèle au Dieu de Vérité,
Est restée étrangère à toute iniquité,
       Ravie en ta divine flamme !

       Comme un lion prêt à me dévorer,
       Ils ont voulu me ravir à ta grâce ;
Réserve-moi, Seigneur, ton secours efficace
Quand ils vont pour ta gloire encor me torturer.

       Humble soldat de ta sainte milice,
C'est aujourd'hui, mon Dieu, que je suis ton enfant !
Oui, Seigneur, aujourd'hui j'entrerai triomphant
Au divin sanctuaire où règne ta justice ! »

Sur Dioclétien soudain fixant les yeux,
Le saint martyr lui dit : « — Esclave des faux dieux,
Vrai démon, rougis donc avec Satan ton père,
Rougis de t'aveugler à la vive lumière
Que par moi Jésus-Christ dévoile à ton regard !
Ces miracles sont-ils les œuvres du hasard
Ou la preuve qu'ici se montre sa puissance ? »

    Mais les prêtres païens saisis d'impatience
Vont offrir à César leurs adulations
Et répéter le cri : « Ces chrétiens aux lions ! »
Et lui dont la fureur atteint son paroxysme

Se sent humilié jusqu'en son despotisme :
« — LE LION ! ! ! » rugit-il...

                    Alors d'un souterrain
On délivre le roi du désert africain ;
Il roule autour de lui son œil grand et terrible,
Et son rugissement cause une crainte horrible.
Secouant sa crinière, il s'élance en avant
Comme pour délasser un repos énervant.
Majestueux et fier, de sa queue il flagelle
Les replis onduleux de sa robuste aisselle...
Il s'arrête ; il regarde... et demeure attentif...

« — Vitus, dit l'empereur, c'est l'instant décisif
Où je vais voir enfin ta puissance magique !
Va-t-elle l'emporter sur ce monstre d'Afrique ? »
« — Insensé, dit l'enfant, pourquoi ne vois-tu pas
Qu'Il peut tout aussi bien m'arracher de ton bras,
Mon Seigneur Jésus-Christ, qui de cette chaudière
Par son ange à tes yeux exauçant ma prière,
Déjà m'a délivré sans blessure et sans mal ?
Par là sache qu'un jour devant son tribunal
Tu paraîtras, César, avec tous tes complices
Et vous serez voués aux éternels supplices ! »

A sa voix le lion paraît se courroucer
Et d'un bond furieux s'apprête à se lancer ;
Ses jarrets sont tendus... Mais l'enfant magnanime
Arrête le lion par un signe sublime ;
Ce signe triomphant représente la croix,
La croix vile, où mourut le Sauveur autrefois,
Maintenant devenue une arme redoutable !

Et le lion s'incline à ce signe ineffable ;
Aux pieds du saint martyr il se couche humblement
Et le fauve soumis les lèche doucement...

Mais sur les spectateurs laissons agir la grâce,
Laissons agir un Dieu qu'aucun crime ne lasse !
Écoutons saint Vitus parler à l'empereur :
« — L'animal sans raison devant toi rend honneur
Au Dieu que ton orgueil s'obstine à méconnaître.
Impie, écoute enfin ! Te crois-tu donc le maître
De ceux qu'a rachetés le Fils d'un Dieu d'amour ?
Adore-le ce Dieu ! Crois en Lui ! *C'est ton jour* !
Il en est temps, César ; ainsi sauve ton âme,
Ainsi rachète-toi de l'éternelle flamme ! »
« — Crois en lui, s'il te plaît, et *ta race* avec toi !
Mais tu sauras le prix de ta stupide foi ! »
Réplique l'empereur sur un ton sardonique.
« — O César, dit le saint, ta réponse est logique !
Toute *ma race* et moi nous sommes nés de Dieu
Par la foi de l'Église annoncée en tout lieu.
La foi nous a donné la naissance nouvelle
Par laquelle on a droit à la vie éternelle ! »

Mais la grâce à ces mots agissant sur les cœurs
A transformé soudain l'âme des spectateurs :
Un millier renonçant à toute humaine gloire
En Jésus-Christ, vrai Dieu, déclare qu'il veut croire...
« — Voilà bien, dit César, l'art des magiciens !
Et c'est ainsi, Vitus, que se font vos chrétiens.
Ils t'ont vu dans le feu braver tous les supplices
Et se sont laissé prendre à ces vains artifices !

« — Est-ce par la magie, empereur obstiné,
Qu'au chrétien devant toi ce pouvoir est donné ?
Non ! tout être à son Dieu sait rendre obéissance :
Apprends du Créateur cette toute-puissance !
Le feu, les éléments devant Dieu ne sont rien !
Par Lui la créature est soumise au chrétien.
Vois ici ce qui tourne à ton ignominie :
De toute créature aucune ne renie
Celui qui de sa voix la tira du néant ;
Considère la brute, ô prince mécréant,
Moins qu'elle en ton esprit tu restes raisonnable
Et tu sembles braver un sort épouvantable !...
Si ce lion savait, il vaudrait mieux que toi ! »

« — Vitus, JE SUIS CHRÉTIENNE et j'embrasse ta foi ! »

Ces mots qui tout-à-coup ont rompu le silence,
Qui les a prononcés ?... La matrone CRESCENCE !
Alors les viles mains d'espions conjurés
L'amènent à César du sommet des degrés ;
Et Dioclétien la condamne d'un geste.

A son ordre CRESCENCE et VITUS et MODESTE
Sont livrés aux valets du cruel *lanista*
Qui préparent pour eux l'horrible *catasta* *.
Le bienheureux enfant, indigné dans son âme,
Lui dit encor : « Pourquoi torturer une femme ?
Ne sens-tu pas ainsi ton pouvoir s'avilir ?...
Digne sœur, avec nous pour Dieu venez souffrir !...
Venez vous réunir à l'âme de ma mère,
Priez pour le salut de mon malheureux père !...
Ma mère en mon berceau m'a laissé pour les cieux,
C'est l'espoir de mon cœur !... Mais avec les faux dieux,

Avec l'enfer !... mon père a fait un pacte impie !...
Seigneur, vous le savez, c'est la croix de ma vie !
Qu'au ciel enfin sa foi nous unisse à jamais !...
Pour lui prenez mon sang !... César, nous sommes prêts !!!»

. . . .

. . . .

Et sur la *catasta* leurs membres se disloquent,
Et les flots généreux de leur sang les suffoquent.
Sur les pointes de fer broyés atrocement,
Leurs entrailles soudain s'ouvrent violemment...
Et saint Vitus s'écrie : « — O mon Sauveur aimable,
Daignez nous préserver du péché redoutable ;
Par votre nom sacré, Seigneur, délivrez-nous,
Mais par votre vertu nous n'adorons que vous ! »

Aux accents déchirants de cette humble prière
Éclate tout-à-coup un tremblement de terre ;
La foudre gronde et tombe, et les temples des dieux,
Ensemble, avec fracas, en un chaos affreux,
Dans une nuit obscure, en un instant s'abiment.
Les plus terribles coups en même temps déciment
Ces païens, du vrai Dieu superbes contempteurs,
Des fidèles du Christ cruels persécuteurs.
Et Dioclétien, en proie à l'épouvante,
En hâte prend la fuite et crie et se lamente.
« — Malheur à moi ! dit-il, quelle honte ! ô malheur !
D'un avorton d'enfant me vient ce déshonneur ! »
Et son dépit lui cause un accès de démence ;
Il se frappe le front avec extravagance
Et pour cacher sa honte il court en son palais...

Mais il n'est pour l'impie ici-bas point de paix !

. . . .
. . . .
. . . .

Et des démons vaincus chassant la troupe horrible
De l'archange je vis la cohorte invincible ;
Elle acclamait son prince en la gloire des cieux,
Chantant sur Lucifer ce combat glorieux !
J'entendis des martyrs redire les louanges,
Saint Michel triomphant commandait à ses anges;
Ils contemplaient Crescence et Modeste et Vitus,
Et présentaient à Dieu leurs sublimes vertus...
Et de la *catasta* leurs mains les délièrent,
Aux rives du Silar joyeux les transportèrent.
De nouveau les voici sous l'olivier de paix
Et leur Dieu les confirme en sa grâce à jamais !
Écoutons de l'enfant la prière suprême;
Son âme voit déjà Celui que son cœur aime :

« — O mon Seigneur Jésus, ô Fils du Dieu vivant,
De mon cœur exaucez le vœu le plus fervent;
Pour votre nom sacré fécondez mon martyre ;
Par mon martyre, au ciel que toute âme soupire;
O mon Seigneur, pour moi soyez glorifié !
Pour mon humble torture, ô Dieu crucifié,
Ceux qui vous béniront, éloignez-les du monde !
Comblez-les des bienfaits d'une grâce féconde !
Qu'ils vivent ici-bas dans une sainte ardeur
Et contemplent des cieux avec moi la splendeur ! »

Une voix lui répond : « — Ton cœur a su me plaire !
Vitus, mon bien-aimé, j'exauce ta prière ! »

Alors aux assistants parle le saint martyr :
« — Frères en Jésus-Christ, daignez ensevelir
Nos corps pour le Seigneur broyés dans les supplices.
Aux cieux où nous allons nous vous serons propices,
Si pour votre salut, en toute humilité,
Vous servez Dieu d'abord avec fidélité.
Invoquez-nous ! Bientôt de votre délivrance
Vous bénirez Jésus dans une gloire immense !
Adieu, frères, adieu ! Nos âmes vont au ciel
Jouir en son amour du bonheur éternel ! »
Et les âmes des saints, enfin quittant la terre,
S'envolent avec joie à leur céleste PÈRE !

Les chrétiens exauçant ce testament pieux
Leur firent un tombeau demeuré glorieux !

ÉPILOGUE

~~~~~~~

Et exultabunt ossa humiliata.
(Ps. 50.)

De L'ENFANT THAUMATURGE on sut partout la gloire ;
Et la Rome chrétienne exaltant sa mémoire
Dans ses murs rapporta ses ossements sacrés :
De prodiges sans nombre on les vit illustrés.
Sur le mont Esquilin sa noble basilique
Garde ces souvenirs de son âme angélique.
Tel on vit l'Enfant-Dieu jadis à Bethléem
Nous sauver ! Ainsi Rome, autre Jérusalem,
Où ce Dieu dans les saints, sur un nouveau Calvaire,
Tant de fois de leur sang recueillit la prière,
Rome, arrachée enfin au joug de ses tyrans,
De la croix sur ses monts vit les bras triomphants ;
Et du jeune héros, dont l'illustre martyre
Vainquit de Dioclès l'indomptable délire,
Le nom béni, dès lors à l'Église de Dieu
Fut un signe divin de victoire en tout lieu !
Et son corps saint alla comme en pèlerinage
Des peuples recevoir l'enthousiaste hommage :
Dieu, qui faisait de nous un peuple zélateur,
Voulut qu'en notre France on lui rendit honneur.
    Près des murs agrandis de notre capitale,
Sur les autels sacrés d'une église royale
Où reposaient en paix les cendres de nos rois,
Que d'autres Dioclès ennemis de la croix
Profanèrent naguère en leur rage maudite,

Sur ces pieux autels où l'Aréopagite,
Disciple du grand Paul, garde un culte fameux ;
Tout près de son sépulcre, asile glorieux,
Les os du saint enfant pour un temps reposèrent
Et ses anges de Rome en ces lieux s'arrêtèrent !
Moines de Saint-Denis, vous chantiez ses vertus ;
Sous le nom de SAINT GUY la France aimait VITUS !
  De l'Église déjà fille aînée et fidèle,
Sa foi vive amenait sous l'aile maternelle
Un peuple assis naguère à l'ombre de la mort :
Les Saxons convertis par l'invincible effort,
Par les nobles vertus de notre Charlemagne !
Souviens-toi de la France, infidèle Allemagne !
Que ne lui dois-tu pas ? Tes puissants fondateurs,
Tes apôtres, tes saints, tes civilisateurs,
Tous ceux qui t'ont donné l'Évangile et sa vie,
Nous sommes de leur sang, la France est leur patrie !
La Saxe alors en paix bâtit ses monastères
Et nos moines vaillants défrichèrent ses terres :
La Nouvelle-Corbie aux rives du Weser,
Sentinelle avancée aux portes de l'enfer,
Annonçait Jésus-Christ aux peuplades voisines.
Pour elles implorant les lumières divines,
Ces moines éclairés invoquent saint Vitus ;
Et la grâce leur dit que le nom de Jésus
Par ses restes sacrés sera rempli de gloire !...
Saint-Denis les leur donne en signe de victoire,
Victoire pacifique et préparée aux cieux,
Que Dieu veut accorder à leur zèle pieux !...
  Et l'on vit du saint corps la marche triomphale ;
Au THAUMATURGE on fit une pompe royale ;
Et les peuples chantaient sa puissante vertu
Et du démon le règne à jamais abattu !

Missionnaire alors de France en Germanie
Il attestait de Dieu la puissance infinie :
Des prodiges sans nombre éclataient en tous lieux,
Sans nombre apparaissaient leurs effets merveilleux.
Tout malade, éprouvant son bienfaisant passage,
De sa puissance en Dieu recevait le doux gage.
Aimable messager de paix et de bonheur,
On bénissait par lui le nom saint du Seigneur !...
Ainsi se révélait aux peuples catholiques
Le culte consolant de nos saintes reliques ;
Quand ce culte sera renié par Luther,
En France ils porteront les torches de l'enfer !
La France ! tu lui dois son corps, ô Germanie,
Pour Dieu, respecte donc notre noble patrie !
La France ! Tu lui dois la foi, la vérité,
Pour Dieu respecte donc sa foi, son unité !
Apprends que si Dieu veut infliger à l'Église
Pour la purifier quelque terrible crise,
Des portes de l'enfer son amour triomphant
Ne veut pour la sauver que l'âme d'un ENFANT ! ! !

POTENTISSIMO

REGI MARTYRUM

LAUS

HONOR ET GLORIA

NOTES.

—

Page 9, dernier vers. — Mgr Pichenot est auteur d'un beau livre intitulé : *l'Évangile de l'Eucharistie.*

Page 15, vers 20. — *Illustrissime,* titre de noblesse alors en usage.

Page 20, vers 13 et suiv. — Les Actes de saint Vitus nous donnent ici un témoignage irrécusable de la foi des premiers siècles en la Sainte-Vierge Marie : « . . . *qui natus es ex Maria, perpetua virgine, operante Spiritu Sancto. . .* »

Pages 40, 41 et 42. — Paraphrase du psaume 23 : *Domini est terra et plenitudo ejus.*

Page 43, vers 2. — Le fleuve dont il est ici question et que plus loin je nommerai le *Silar* était le *Silarus,* aujourd'hui la *Sela,* en Basililicate, ancienne Lucanie.

Les voyageurs étaient venus de la pointe occidentale de la Sicile, dont un cap s'appelle encore *Santo Vito.* Quant au lieu précis de leur débarquement, il est nommé *Allectorium* par les Actes.

Même page et suivante. — Psaume 115 : *Credidi propter quod locutus sum.*

Pages 45, 46, 47 et 48. — Psaume 41 : *Quemadmodum cervus...* adapté au sujet en certains de ses passages.

Page 61, vers 2. — Les *Vomitoires* étaient les portes du Colisée par où se précipitaient les flots du peuple, à la sortie des jeux.

Page 63, vers 13. — Le *Pulvinar,* coussin, lit de repos : employé par Suétone pour désigner la loge du Prince dans le cirque.

Même page, vers 21. — Traduction exacte de la formule historique : *Ave, Cæsar, morituri te salutant !*

Page 63, vers 26. — Traduction du cri : *Christianos ad leones !*

Même page, vers 29. — Le *Lanista*, chef des gladiateurs.

Page 64, vers 1. — Les *Venatores*, chasseurs dans les jeux du cirque, armés de fouets à balles de plomb.

Page 66. — Quatre strophes inspirées par le psaume 16 : *Probasti me.*

Page 68, vers 11. — ... « *C'est ton jour !* » « Si cognovisses et tu (Jerusalem) et quidem *in hâc die tud...* » (Luc. xix, 42).

Page 69, vers 22. — La *Catasta*, chevalet armé de pointes de fer.

LA VÉRITÉ

DITHYRAMBE

A M. ÉVARISTE CARRANCE

COMMANDEUR DE L'ORDRE DE SAINT-MARIN

Président-Fondateur des Concours poétiques

DE BORDEAUX

J'aperçois à travers les âges,
Au sein des plus chastes images,
Un homme au pouvoir souverain ;
Je l'entends de sa voix profonde
Semer la VÉRITÉ féconde
Au milieu du chaos humain.

(Évariste Carrance ; Ode : LE TRA-
VAIL, aux poëtes du 3le concours.)

I

Poëte, c'est bien dit ! « La vérité féconde »
Seule pourra germer en ce « chaos humain » !
Du trône de sa croix le Dieu Sauveur du monde,
Roi de la vérité, bientôt va de sa main,
De sa main bénissante, au fort de la tempête
Sur l'abîme calmer toute vague en courroux !
Et l'homme rassuré vers Dieu levant la tête
Saura goûter enfin combien son joug est doux !

De ma foi, de mon cœur c'est l'espoir invincible
Et je me sens en joie aux chants de ta douleur !
Oui, je suis consolé puisqu'il existe un cœur,
Un vrai cœur de poëte, ardent, incorruptible,
Imbu de l'amour pur de ce qui fait l'honneur !

La Vérité ! Qui donc ici-bas la désire ?
Quelle âme vraiment noble incessamment aspire
A ce don glorieux de la Divinité ?
Quelle âme la recherche avec sincérité ?
Mais la parole humaine en tout lieu la déchire !
O de l'esprit humain funeste vanité !

Ton cœur l'aime, ô poëte, et mon âme pieuse
Avec bonheur a lu ta strophe harmonieuse,
Où ta voix éloquente, en des vers pleins de feu,
Découvre à nos espoirs dans le lointain « des âges »,
Dans le nimbe brillant « des plus chastes images »,
Les hommes embrassant la vérité de Dieu !

Chante, chante, poëte, et ta lyre immortelle
Bientôt va transformer tes disciples émus !
Chante la Vérité : ta mission est belle !
Sauve par tes accents ces peuples éperdus !

« Le faible », tu l'as dit, « seul osera se taire,
En son cœur redoutant les tristes coups du sort ».
Nous, maître, nous suivrons « l'exemple salutaire »
Que tu veux nous donner, à la vie, à la mort ;
Nos mains vont arborer « l'étendard tutélaire »
Qui du mensonge enfin doit confondre l'effort ;
Et l'olivier de paix sera notre trophée !

Aux âges des héros, quand le divin Orphée
Sur sa lyre sublime, en merveilleux accords

De son âme rendait l'extase et les transports,
Les forêts, les rochers et la bête sauvage
Tressaillaient, captivés par ses chants, par ses vers !
O poëtes, à nous même gloire en partage,
Si de la vérité nous avons le courage ;
Apôtres de la paix, à nous est l'univers !

II

Révèle-toi, bienfaitrice divine,
A nos regards ardents montre ton front royal ;
Que tout esprit généreux et loyal
Proclame en t'admirant ta céleste origine !

O Vérité, c'est du plus haut des cieux
Que, pareille en ton vol aux anges de lumière,
Compatissante à notre humble misère
Tu viens nous réjouir de tes dons glorieux !

Nous scrutons ta nature et ta sublime essence :
Serais-tu, dis-le nous, la divine Beauté ?
Es-tu... (parle aux mortels !) es-tu l'Éternité ?
Révèle-nous de ta magnificence
L'éternelle clarté ?

Mais habiterais-tu quelque sombre retraite
Inaccessible à tout regard humain ?
Pour te chérir te chercherai-je en vain ?

Humaine ambition, seras-tu satisfaite,
  Ou te faut-il avouer ta défaite
  Foulée aux pieds d'un pouvoir souverain ?

  Je vois, je vois ta parure de gloire !
  Car tu n'es pas l'impure nudité
Dont jadis on avait fait une déité !
Ton regard simple et franc annonce la victoire
  Qui t'appartient en face de l'orgueil !
Revêtue humblement de grâce et de lumière,
  Soleil brillant de toute âme sincère,
  A qui veut voir, ton doigt montre l'écueil !

Mais pourras-tu guider l'aveugle volontaire ?
Ah ! je ne vois partout que l'orgueilleuse erreur,
Et de l'ambition l'égoïsme et l'aigreur,
L'opulence insultant à la triste misère,
La sinistre folie et la sombre terreur ;

  Et sur toute âme un ver qui ronge,
Ce serpent venimeux qui se nomme mensonge !

Et Pilate demande en sa frivolité :
  « Ah ! Qu'est-ce que la Vérité ? »

D'oppresseurs comme lui la cohorte est immense,
Mais pour quelques Titans que je vois couronnés,
Combien de Myrmidons parmi les miens sont nés
Qui plus qu'aucun des rois broyent ma conscience !

Je veux, je veux ma liberté,
Je la veux pour mon âme et l'âme de mon frère ;
Je la trouve en mon Dieu dont la chaste lumière
Me révèle la Vérité !

III

O Vérité, vierge pudique,
Apporte à notre humanité,
Pour l'honneur, pour la paix de la chose publique,
Le don béni d'une HUMBLE liberté !

Toi seule as le secret de guérir les chimères ;
Toi seule exauces nos désirs ;
Tu montres ce qui peut consoler nos soupirs,
Et le néant de nos plaisirs ;
Toi seule as fait les cœurs de nos si tendres mères !

Rien ne demeure obscur ; tout s'éclaire par toi,
Car tout s'enchaîne dans le monde !
Vérité, de ta source immuable et féconde
Découle toute loi.

Mais ta source est en Dieu ; tu n'as pas l'imprudence
De croire à ton indépendance !
Supérieure à l'homme et soumise au Seigneur,
Ton droit est d'imposer aux passions humaines,

Qui bientôt à leur tour de leurs honteuses chaînes
    T'imposeraient le déshonneur !

O Vérité de Dieu, quand verrai-je ton règne
    Pour le bonheur de notre humanité,
Pour le bonheur sans fin que ta voix nous enseigne ?

— Quand règnera pour l'âme une HUMBLE liberté !

IV

O poëte vaillant, dehors de la bataille,
Loin d'un monde pervers, non ! tu ne fuiras pas !
Car pour la Vérité ton noble cœur tressaille,
C'est elle qui te presse, elle qui te travaille,
Elle est ton bien ! Tu veux l'aimer jusqu'au trépas !

J'ai goûté le parfum, la suave harmonie
De tes vers enflammés, de tes ravissements ;
J'en ai saisi le sens, le charme et le génie,
Et mon âme à ton âme en lisant s'est unie,
En moi j'ai ressenti tes plus purs sentiments !

Mais quand j'ai vu ton cœur enflammer sa lumière
Au splendide flambeau des saintes vérités,
En tes vers j'ai cru voir de nouvelles beautés
Qui bientôt jailliront de ton âme sincère !

Chante donc, ô poëte, allume nos ardeurs ;
Devant les égarés ta mission est belle ;
Et ce charme qui vibre en ta lyre immortelle
Va de la Vérité faire aimer les splendeurs ! ! !

M. ÉVARISTE CARRANCE a daigné honorer la pièce précédente
de la réponse suivante :

   « Je vous remercie, mon cher poëte, des
« magnifiques vers que vous m'adressez ;
« ils sont écrits avec l'imposante voix du
« cœur.

    « Recevez toutes mes effusions :

           « ÉVARISTE CARRANCE.

« Agen, le 5 janvier 1879. »

TABLE DES MATIÈRES

PAGES

PRÉFACE 5

SONNETS DÉDICATOIRES. 9

L'ENFANT THAUMATURGE ET MARTYR. 11

Premier chant. 11

Deuxième chant. 23
   (Scène du temple de Jupiter). 31

Troisième chant 37
   (Coucher de soleil au bord de la mer). 38
   (Psaume *Domini est terra*) 40
   (Psaume *Credidi*) 43
   (Psaume *Quemadmodum cervus*). 45

Quatrième chant 49
   (Dialogue entre Vitus et Dioclétien). 54
   (Dithyrambe des anges). 56

Cinquième chant. Le Colisée 61
   (Scène de la chaudière). 65

(Psaume *Probasti me*) 66

(Scène du lion) 67

(La catasta) 70

Épilogue. — Culte du saint martyr 73

Notes sur ce poëme 77

LA VÉRITÉ, dithyrambe. 83

LETTRE de M. Évariste Carrance. 91

QUIMPER, IMPRIMERIE EUGÈNE PÉNEL

49, RUE KERÉON, 49

www.ingramcontent.com/pod-product-compliance
Lightning Source LLC
Chambersburg PA
CBHW060431260626
47161CB00005B/1882